ESTRELLAS DE PLOMO

Una historia de alta cocina

CLAUDIO PONCE

"Existen heridas que el cuerpo nunca muestra,
que son más profundas y dolorosas
que cualquier herida de sangre"

Laurell K. Hamilton

PRIMERA PARTE
Los inicios

I Caída libre

André se quitó la filipina y la tiró con rabia sobre la mesa, junto al horno de convección.

—¡No puedo más! —exclamó.

Ningún miembro del equipo se atrevió a decirle nada. Salió de la cocina y atravesó el comedor principal. Percibió un aroma achocolatado a champiñones que emanaba de la pularda, uno de los platos estrella del restaurante, compuesto de pollo de corral cocido a fuego lento en una vasija de barro y forrada debajo por láminas de trufas y champiñones.

Cabizbajo, arrastraba los pies por el suelo de bloques de ladrillo macizo, tan desgastados por el paso del tiempo como cuidados con esmero. En las paredes de color ocre, destacaban grabados de época relacionados con la caza. Una gran chimenea del siglo XIX le daba calidez a la sala. Diez mesas redondas y veinticinco sillas de nogal cubrían un espacio donde los clientes se dejaban llevar por la innovación gastronómica de André.

El techo del local, diseñado con vigas principales y secundarias de roble macizo, creaba una estructura de dos inclinaciones, que finalizaba a una altura de dos metros y medio, donde comenzaba un ventanal acristalado, también de roble y compuesto de cuatro ventanas individuales, que medían cada una tres metros de ancho por dos de alto y abarcaba la pared principal de doce metros de largo. A través de dicho ventanal, se podían disfrutar los jardines internos, de un color verde intenso. Los árboles podados con formas perfectas, las rosas esperando la primavera y un césped abonado, daban una sensación de paraíso y relajación.

En aquel espacio se respiraba un equilibrio de sensaciones y emociones únicas. Mientras se degustaba la alta gastronomía con un servicio personalizado exquisito, se podía vivir la cultura e historia a través del edificio que en el siglo pasado había sido la antigua casa de correos. André Durand, chef con tres estrellas y propietario del lugar, solía detenerse a conversar con los clientes cuando atravesaba aquel salón. Se sentía orgulloso de lo que había conseguido tras mucho esfuerzo.

Pero aquel día no saludó a sus clientes, tampoco al personal de sala ni a la recepcionista.

Salió al exterior y se dirigió al coche. Era cuatro de febrero y hacía una temperatura suave para la época. El sol le daba de frente pero no molestaba. Llevaba casi cuatro meses triste, desolado, abatido. Sus ojos no tenían el brillo de costumbre; incluso parecía que se le habían oscurecido. El negro de su pupila no sobresalía tanto del marrón claro del iris. Como antes. ¿Tendría algo que ver esto con la ilusión y emoción que desprendía una persona cualquiera?. En este caso parecía ser que sí. André sentía un dolor en el alma tan fuerte que preferiría que le cortasen las piernas y los brazos sin anestesia con tal de quitar, o al menos disminuir, la angustia.

Conducía a través de una carretera secundaria, donde se destacaba un paisaje de naturaleza exuberante, al que André no prestaba atención. No tenía fuerzas, se sentía vacío por dentro: como si solo tuviera la piel con la forma del cuerpo.

—¿Qué significa "legítimamente amenazado"? —se decía—. ¿Por qué publicó el artículo?. Este sinvergüenza no sabe lo que es tener un restaurante y mucho menos uno de tres estrellas. Afirmó en su artículo que perdería una estrella; pero no fue así. ¡Sigo con las tres porque soy el mejor!. No como él, un periodista gastronómico de medio pelo. Por culpa de este canalla, lo que he construido a lo largo de los años y de las miles de horas trabajadas con mucha dedicación, se desmorona.

Llegó a casa. Bajó del coche y abrió la puerta de reja, la empujó con fuerza y la cerró a su paso. Contempló la casona donde vivía con Celine, su mujer: se encontraba en el centro de un recinto de diez mil metros cuadrados, rodeada de árboles frutales, hayas y castaños. Se trataba de una casa de dos plantas construida en 1923. En la parte interna del muro, colgaban rosales casi fusionados a la pared. El verde y el marrón oscuro eran los colores que predominaban. El césped presentaba un estado impecable y pese a la época del año, parecía un campo de golf.

Anduvo a través del camino de piedra semienterrada que conducía a la puerta principal de la vivienda. Entró y esta vez no se recreó en la decoración exquisita del salón, donde se mostraba el perfeccionismo minucioso de André y el buen gusto de Celine. Eran un equipo de trabajo y una maquinaria casi perfecta en lo personal y profesional.

—¿Por qué me quieren hundir? –dijo– ¿Por qué quieren verme destrozado y humillado?

Comenzó a sentir un vacío. Le dio la sensación de que el cuerpo le pesaba mucho. Le costaba levantar los brazos y las piernas y sentía un hormigueo en el estómago. No de emoción, si no de tensión.

—Arruinado, eso es. Lo voy a perder todo.

La respiración de André comenzó a agitarse y la amargura amenazó con extenderse por todo el cuerpo. Le dolía el pecho, de un modo diferente y más intenso.

—Ojalá fuera un infarto.

Se imaginó que moría. Dejaba de existir y se fusionaba con el universo. Esto le dio un alivio tan grande que su respiración comenzó a normalizarse. Sentía que volvía a tener el control sobre sí mismo.

No era la primera vez que tenía este tipo de pensamientos. Incluso lo practicaba casi cada noche para poder relajarse y dormir por lo menos una, tres o cuatro horas.

Eso es lo que tenía que hacer, descansar.

Subió al dormitorio en busca de penumbra y bajó la persiana con el mando a distancia. Se recostó en la cama y dijo:

—En dos horas tengo que regresar al trabajo.

Observó una mancha negra en una de las maderas que revestían el techo. Sería necesario llamar al carpintero y sanar la viga. Esta imagen le distrajo de sus cavilaciones, que sin embargo volvieron pronto. En un intento por librarse de ellas con otra distracción, giró la vista hacia el armario. De repente, una idea apareció, luminosa y tranquilizadora. Sí, quería volver a tenerlo entre las manos.

Se levantó con una agilidad que le sorprendió, olvidando el sentimiento de pesadez que tenía hacía unos instantes. Abrió la puerta derecha del ropero, metió la mano por detrás de las camisas colgadas y sacó un rifle de caza, marca Sauer modelo 404 classic. Su mujer se lo había regalado en el último cumpleaños. Desde entonces, no había vuelto a acordarse de él.

Celine quería que André se ilusionara con un hobby, para que no trabajara tantísimas horas y disminuyera la obsesión por la perfección y los logros personales, además de estabilizar sus subidas y bajadas de ánimo. Por esta razón, le regaló el mejor rifle que había en una tienda especializada de la zona, a la espera de que en algún momento tomara la decisión de ir con amigos a relajarse y disfrutar de la caza. Y de la vida.

Abrió la cremallera de la funda y extrajo el rifle. Se recreó en la belleza del arma. La sopesó: construida con maderas seleccionadas, daba el peso y la seguridad perfecta para disfrutarla y maniobrar en cualquier terreno.

—Cuando el alma duele, no existe nada que la pueda aliviar — pensó.

André la dirigió hacia sí, se introdujo el cañón en la boca. La lengua percibió el gusto a aceite que provenía del interior.

II
Al salir del colegio

Al salir del colegio, André con seis años corría al restaurante. Llegaba cargado con una mochila llena de libros y una ilusión que le salía por los ojos. No había nada en el mundo más reconfortante que ver a su madre cocinar.

Nada mas llegar, se pegaba a ella y casi sin pestañear, observaba cada detalle y cada movimiento que hacía. Todos los días, André aprendía un secreto culinario y descubría aromas, gustos y texturas.

—¡Qué bien huele, mamá! ¿Puedo ayudarte?
—Claro, lávate las manos. Hoy tenemos en el menú sopa de pescado y estofado de ternera en salsa blanca.
—¿Salsa blanca? ¿Cómo se hace?
—Otro día te lo explico. ¿Quieres aprender a emplatar?
—Sí.
—Vamos con la sopa. Alcánzame un plato hondo y ponlo aquí, al lado de la cacerola.

Con sumo cuidado, la madre vertía dos cucharones de caldo en el plato. A continuación, seleccionaba un trozo grande de pescado y otro más pequeño y los situaba sobre el líquido. Espolvoreaba con finas hierbas la superficie y con un trapo, limpiaba las gotitas que habían caído en el filo.

—Ahora, te toca a ti —le dijo su madre.

André asiente y procede con esmero. Es sorprendente lo rápido que aprende, solo basta enseñarle las cosas una sola vez.

—Bien hecho, hijo. ¿Preparamos un sofrito para la cena?
—¿Tú picas la cebolla y yo el pimiento?
—Vale. Ponte el delantal y hazlo al lado de la ventana.

Desde aquella ventana, se podía ver el lago Annecy, a pocos kilómetros de Ginebra, Suiza e Italia. Una imagen que quedaría marcada en la mente de André. Cada mediodía, la cocina se convertía en un espacio de felicidad para ambos. Era una complicidad absoluta, donde el resto del mundo sobraba, desaparecía.

La relación que tenía con su padre era diferente. Él llevaba la barra y la sala: un hombre cordial con los clientes y distante con su único hijo. No era por falta de amor, si no por exceso de amargura. Quince horas de trabajo los siete días de la semana le absorbían. Nunca concibió nada distinto.

—¡André! —se escuchó desde fuera de la cocina.

André seguía concentrado en el pimiento, en convertir aquel cilindro verde en diminutas teselas brillantes, del tamaño justo para que el aceite las volvieran crujientes y carnosas al mismo tiempo.

—¡André, ven ahora mismo!

Su madre paró de picar la cebolla y lo miró. André resopló, se limpió las manos en el delantal y cabizbajo, se dirigió a la puerta giratoria que daba a su padre, a las mesas, a los clientes.

—Hola, papá —dijo con desgana.
—¿No me cuentas nada hoy?
—He aprendido a emplatar.
—¿Ah, sí? ¿Y las matemáticas? Tu maestra me dice que eres muy bueno con ellas.
—Son fáciles y aburridas. No me gusta hablar de eso.
—Hijo, en la vida no todo es la cocina.
—Sí, papá. ¿Cómo se prepara la salsa blanca?

Su padre no le respondió: se perdió entre las mesas, la gente y el estrépito del servicio del mediodía. André lo observó. Sudoroso, agotado, con prisas.

Volvió hacia la cocina, donde pudo percibir el ritmo del cuchillo sobre la cebolla, el traqueteo sutil de la mesa que cojeaba un poco y a su madre bañada por la luz del ventanal.

Al finalizar el servicio de comidas del mediodía, se marchaban a casa madre e hijo; su padre atendía durante la tarde el servicio de bar. Cuando llegaban a casa, su madre se sentaba en el sofá e intentaba ayudar a André en las tareas del colegio, pero la mayoría de las veces se quedaba dormida. Se solía levantar a las seis de la mañana para dar desayunos a los trabajadores del ferrocarril.

Cuando abría los ojos, siempre se encontraba a su hijo mirándola desde el otro extremo del sofá:

—¿Has descansado, mamá?
—Sí ¿qué hora es?
—No lo sé.
—Tengo que ir al restaurante para el servicio de la cena.
—¿Por qué no te quedas conmigo y cenamos juntos en casa?
—Me encantaría, pero no puedo dejar a tu padre solo.
—Ahora papá está solo y tú estás aquí conmigo.
—Lo sé, pero por la noche hay que dar de cenar a la gente y tu padre no sabe cocinar.
—Que aprenda —insistía André.
—Aunque lo hiciera, se necesitan dos personas para dar de comer a los clientes. Una en la cocina y otra en la barra y salón. ¿Lo comprendes?
—Sí, pero me encantaría que te quedases conmigo.
—Ahora te llevo a la casa de Simón, así pasáis la tarde jugando y después de cenar su madre te traerá a casa. Te metes a la cama y esperas a que llegue.
—Sí, mamá.

Le abrazaba muy fuerte y casi cada día le repetía la misma frase:

—¿André, me prometes una cosa?

—Dime.

—Dentro de unos años, comenzarás a estudiar. Te pido que me prometas que nunca vas a abandonar tus estudios y te vas a esforzar por ser el mejor profesional del mundo.

—Yo quiero quedarme a cocinar contigo en el restaurante.

—No. Tienes que salir de este pueblo y demostrar lo valioso que eres, hijo. Tienes que esforzarte para vivir una vida diferente a la de tus padres ¿me lo prometes André?

—Si mamá, te lo prometo.

Dejaba a su hijo en la puerta de la casa de su amigo y se iba a trabajar, con dolor y cansancio en el cuerpo, con la angustia de sentir que la vida pasaba deprisa. Con tristeza, entraba al restaurante: veía a su marido con la mirada perdida, le daba un beso y se dirigía resignada a la cocina.

III
Primer golpe

—¿Qué estás haciendo? —le preguntó André a su madre, nada más llegar del instituto.

—Salsa de tomate para acompañar las judías.

—No dejes que se te evapore mucho, te va a quedar muy dulce.

—¿Qué dices, hijo?

André era un chico de pocas palabras. Sin embargo, cuando eran temas culinarios, hablaba horas sin parar.

—Si cueces mucho tiempo la salsa —le decía a su madre—, se evapora el agua del tomate y los azúcares se concentran. Por eso, a veces te queda una salsa demasiado dulce. Si es para las judías, es mejor que te quede más salada.

—¿De dónde sacas estas ideas?

—Muchas, las aprendí de ti. Otras las he leído o me las imagino.

—No entiendo lo último.

—Me gusta mucho imaginar nuevos sabores al mezclar diferentes ingredientes, cocinarlo o prepararlo de otra forma para resaltar un sabor sobre otro. En casa, por la noche, hago pruebas casi a diario. También me apasionan los aromas y texturas que se generan.

Su madre había dejado de dar vuelta a la salsa con la cuchara de madera, para escuchar atentamente a su hijo:

—Fíjate mamá: si antes de servir la salsa, le añades un toque de cáscara de limón, le darás más sabor.

Justo en ese momento, se escuchó en la sala un estrépito fuerte y seco. André y la madre salieron de la cocina para ver qué había sucedido. El padre de André yacía en el suelo inconsciente, rodeado de platos y comida por el suelo.

—¡Papá! —exclamó.

La madre lo zarandeó:

—Cariño ¡dime algo, por favor!

—Venía para servirnos y se desplomó —dijo uno de los clientes.

—Cuando me trajo el primer plato, noté un gesto extraño en su cara. —Como si se sintiera mal o le doliera algo —comentó otro cliente.

La madre corrió hacia el teléfono y llamó a urgencias. Resoplando, dijo:

—Una ambulancia está en camino.

Se acercó un comensal y le dijo:

—¿Me permite? Soy médico.

—Por supuesto, señor.

El hombre se agachó y le tomó el pulso. Acercó su oído al corazón y dijo:

—No detecto pulso ni respiración. Creo que ha fallecido.

La madre abrazó fuerte a su marido, mientras lloraba desconsolada.

—No te vayas, todavía. No te puedes ir.

André de pie junto a su madre, se quedó inmóvil mientras observaba la escena como si fuera una película de terror. Tenía dieciséis años y estaba a punto de finalizar la educación obligatoria. En un miércoles cualquiera del mes de junio, el corazón de su padre había estallado en pedazos.

IV
¿Esperanza?

—No te preocupes mamá, entre los dos sacaremos el restaurante adelante.

—De ningún modo. Te arruinará, como lo ha hecho con tu padre y conmigo.

—Nos va a ir bien —insistió André

El reloj de pared marcaba las doce del mediodía. Hacía el típico calor de verano. Ambos permanecían sentados en la cocina de casa. Una casa construida en la década de los cincuenta, venida a menos. Las paredes mostraban el envejecimiento de una vivienda sin ningún tipo de mantenimiento. Tanto los muebles de la cocina como la mesa y las sillas, reflejaban vejez casi sin uso. La ventana al exterior presentaba más superficie de óxido que de pintura y los cristales tenían la suciedad que podían dejar las lluvias de todo un año.

—Tu futuro no pasa porque te quedes aquí, sino por formarte en el sitio que te mereces y así poder tener una vida diferente.

—No quiero separarme de ti.

—Ni yo de ti, André. Pero en la vida necesitas hacer cosas que no te gustan.

André se removió inquieto.

—Hace un par de días —prosiguió la madre— vi en el periódico que un hotel de alta cocina, a las afueras de Lyon, busca un aprendiz para formarle durante dos años y que trabaje allí.

—¡Lyon está muy lejos!

—Ayer por la mañana les escribí una carta para solicitar en tu nombre una prueba de admisión.

—¿Cómo?

—André, tienes que aprovechar esta oportunidad. Eres muy bueno y vas a conseguir ese puesto. Te convertirás en un chef de alta cocina y podrás trabajar en el sitio que desees.

—Yo solo quiero cocinar contigo.

—¡Y lo haremos, hijo. Con lo que vas a aprender, tendremos lista de espera de meses.

—Pero mientras, ¿cómo vas a llevarlo tu sola?

—Lo tengo pensado: contrataré a una persona para que me ayude al mediodía y por la noche. No daré ni desayunos ni servicio de bar por la tarde, lo que me permitirá no tener tanta carga de trabajo.

—Va ser muy duro para ti.

—Serán sólo dos años y podrás venir a visitarme cuando tengas días libres. Hay un autobús directo y tarda solo algo más de dos horas. Todas las noches, hablaremos por teléfono.

—Te enviaré dinero, mamá.

—No pienses en eso ahora: cuando seas un gran cocinero, decidiremos si continuamos con el restaurante familiar o nos trasladamos juntos a otro sitio. ¿Qué te parece André?

—Una locura. Pero tienes razón.

—Hijo, aún no lo sabes, pero eres un genio de la cocina; además, eres muy trabajador. ¿Vas a demostrarle al mundo que eres el mejor?

—Sí —dijo André con convicción. —Lo haré por ti y por papá.

V
La prueba

El autobús hizo un alto al costado de la carretera, donde se bajó André. Tenía por delante un par de kilómetros hasta llegar al hotel-restaurante donde haría la prueba de admisión. Eran las ocho y cuarenta de la mañana y a pesar de ser veintidós de agosto, hacía fresco. Este detalle forzó una marcha rápida y constante, ya que no tenía la ropa adecuada para los quince grados de temperatura exterior y un cielo totalmente nublado.

Mientras caminaba, tenía un sentimiento de libertad que le impulsaba seguir a buena marcha. El ambiente olía a hierba mojada. Estaba motivado y tenía ganas de demostrar que era el mejor. Así se sentía esa mañana André.

Llegó a las puertas del hotel de cinco estrellas. Subió los escalones y entró por la puerta principal. De frente, se encontró con la recepción y a la izquierda con una gran puerta que ponía "Restaurante". Caminó unos pasos y preguntó en la recepción:

—Buenos días. Mi nombre es André Durand y vengo a hacer la prueba de aprendiz en el restaurante.
—Durand, ¿eh?

El recepcionista consultó una lista y mientras tachaba su nombre, le dijo:

—Dirígete a tu derecha, atraviesa el comedor y sigue recto hasta la puerta que se encuentra al fondo. Es la cocina.
—Gracias.
—Entra sin llamar y permanece en silencio.

Cuando traspasó el umbral de la cocina, sintió que había llegado al paraíso. Era un espacio pulcro de unos cuarenta y cinco metros cuadrados forrado de acero inoxidable, desde el suelo hasta el techo. Una mesa central, del mismo material, daba sensación de trabajo y profesionalidad. Sobre una de las paredes, descubrió una cocina con ocho hornallas y dos hornos gigantes debajo. En el ambiente, André percibió un aroma sutil a mantequilla mezclada con tomillo.

—Bien, veo que estamos todos, podemos comenzar la prueba —dijo el chef.

Además de él, había dos chicos y una chica. El chef tenía puesta una filipina blanca inmaculada. A la izquierda y a la altura del corazón, se podían distinguir dos estrellas bordadas y debajo "Paul Leduc". El chef comenzó con la explicación:

—El motivo por el que estáis aquí, es porque tenemos un acuerdo con el Ministerio de Educación y cada año seleccionamos a un aprendiz, para que sea formado en nuestras instalaciones. El período de formación es de dos años, tras los cuales se obtiene el título oficial de "Especialista en alta cocina", expedido en un restaurante galardonado con dos estrellas por la Guía Gastronómica ZETA. Creo que no os tengo que explicar lo que ello conlleva de prestigio profesional.

Los jóvenes escuchaban sin pestañear las palabras del chef, envuelto cada uno en su ensueño particular. El chef siguió:

—Ahora comenzaréis la prueba y sólo uno de vosotros será seleccionado. La semana que viene recibiréis una carta, donde se os comunicará si habéis sido elegidos o no. ¿Alguna pregunta?

Los aspirantes negaron con la cabeza. André era el más pequeño, tanto de físico como de edad; la chica tendría unos veinte años y los otros, entre dieciocho y diecinueve. Quizá por ello se miraron entre los tres, sin considerar siquiera por un momento que aquel muchacho enclenque pudiera suponer alguna amenaza para sus propósitos.

—La prueba es simple y dura sesenta minutos como máximo. Os diré lo que tenéis que cocinar o preparar y comenzáis al unísono. Como veis, cada uno tiene un espacio individual para trabajar. Sobre la mesada al lado de la cocina y en las dos neveras que podéis ver, disponéis de los ingredientes que necesitáis. En la prueba, valoraré la forma de trabajar, el equilibrio emocional frente al estrés y la presión, el tiempo total y otro detalle muy importante a tener en cuenta: el toque de distinción personal que le pongáis a la preparación.

El chef se dio cuenta de algo que le llamó la atención: todos estaban ansiosos por comenzar, menos el joven que había llegado el último, que se mostraba tranquilo, diríase que extasiado. Como si hubiera encontrado su lugar en el mundo.

—Lo primero que tiene que hacer un buen chef —añadió Paul, en un tono cercano—, es ponerse el delantal y el gorro que tenéis a un costado.

Todos se lo colocaron rápidamente. Se respiraba tensión en el ambiente.

—Lo que quiero que preparéis en un tiempo máximo de una hora es Salsa Bearnesa. Comenzamos ahora. Por cierto, yo estaré aquí observando todo, pero no acepto ninguna pregunta.

Uno de los chicos suspiró, se quitó el delantal y el gorro, saludó al chef y se marchó. Los otros tres se activaron al momento.

André cogió la mantequilla de la nevera y se puso frente a la báscula. Pesó ciento veinticinco gramos, la colocó en un cazo. Encendió una de las hornallas y la calentó a fuego medio hasta que la mantequilla comenzó a derretirse. Luego vertió el líquido viscoso en un recipiente y lo metió dentro de un congelador, que se encontraba en una de las esquinas.

Mientras se enfriaba la mantequilla, buscó dentro de la nevera dos huevos y encontró vino blanco, que estaba abierto. El vinagre, la sal, la pimienta y la chalota estaban cerca. Le costó un poco más hacerse con unas ramitas de estragón y perifollo. Colocó todo encima de la mesa y cuando comenzó a cortar la chalota, el chef dijo:

—La prueba ha terminado —dijo de improviso Paul—. Recoged todo, quitaos el delantal y el gorro y regresad a vuestras casas. La semana que viene, recibiréis una contestación.

Sin atreverse a manifestar su sorpresa, los postulantes se despidieron de forma cortés. Entró Jeaques, el segundo chef, y le dijo a Paul:

—¿Qué ha pasado, tan mal lo han hecho? Podemos llamar a más personas.

—No se trata de eso, Jeaques —le respondió Paul—. Solo que no era preciso seguir, la decisión está tomada.

—¿Cómo puede ser?

—Porque en todos mis años de profesión, jamás he visto a alguien que se concentre y fascine de esa forma. Además, lo preciso de la ejecución y el cuidado en los pasos, la intuición que ha mostrado. Ya lo verás actuar y me entenderás, es algo inaudito.

—Menuda suerte ha tenido al ser seleccionado. Tendrá que trabajar duro, pero aprenderá los secretos de la alta cocina.

—En realidad, querido Jaques, el proceso de selección ha sido al revés. Yo no lo he escogido, ha sido él quien nos ha elegido. Los afortunados somos nosotros.

—¡Sí que estas deslumbrado! Ya será menos.

—Aquí va a hacer prácticas la futura promesa de la gastronomía francesa, te lo aseguro.

VI
La carta

Alrededor de las diez de la mañana, André y su madre limpiaban a fondo el salón de la casa cuando vieron, a través de la ventana, que el cartero dejaba una carta en el buzón. André no dejó de barrer, mientras su madre abrió la puerta y salió con una mezcla de emoción y tensión.

—André, es la carta del Hotel-restaurante.

—Ábrela tu, a ver qué dice.

Su madre leyó en voz alta:

Estimado André Durand:

Queremos agradecer la asistencia a la prueba de aprendiz en "Especialista en alta cocina". Título oficial que otorga el Ministerio de Educación y que nuestro restaurante imparte.

Nos complace comunicarle que ha sido seleccionado para dicho puesto de aprendiz.

Las condiciones de trabajo, así como las condiciones económicas, las comunicaremos en persona en una reunión que tendrá lugar en nuestras instalaciones el jueves uno de septiembre a las diez de la mañana. Allí se revisará y firmará el contrato correspondiente.

El chef principal, jefe de cocina, cocineros, sumiller y personal de sala, estamos encantados de que, en breve, pueda formar parte de nuestro equipo de alta cocina.

Un cordial saludo
Paul Leduc

VII
Cambio de vida

La habitación estaba en el mismo hotel, en la parte trasera del edificio. Un espacio de unos ocho metros cuadrados, que incluía un baño privado. Tenía una ventana que daba al pasillo interior, por lo que no disponía de luz natural. Los muebles que la conformaban, eran una cama estrecha, un escritorio diminuto y un armario de un metro de ancho por dos de alto. Nada más. Para André, era suficiente.

Se levantaba a las ocho de la mañana en punto, se duchaba y bajaba a la cocina a prepararse el desayuno: un vaso de leche con una gotita de café y un bocadillo de jamón y queso. Otras veces, se decantaba por bollería que traía de la cafetería del hotel. Treinta minutos después, ya estaba preparando parte del servicio de comida del mediodía. Realizaba salsas que el chef dejaba apuntadas en un cuaderno la noche anterior. También limpiaba, cortaba y cocinaba al vapor o freía verduras. A las doce del mediodía y a las siete de la tarde, comenzaba el trabajo fuerte y la formación. Se pegaba al chef principal y era su sombra.

—Hoy prepararemos buey en costra al foie gras —le decía el chef a André mientras entraba por la puerta principal de la cocina, abotonándose la filipina.
—Ok —respondía André, mientras seguía con los preparativos habituales.
—Regreso en diez minutos. Necesitamos cadera de buey, foie gras y masa de hojaldre. ¿Has preparado esta mañana la salsa gastrique?
—Si. Está en la nevera —respondía con seguridad—. No tenía fallos ni en los tiempos ni en las formas y el chef comenzaba a sentirse seguro del aprendiz.
—Perfecto, André.

Le apasionaba la forma de trabajar de su jefe, pero sobre todo, su forma de razonar: un pensamiento se convertía en un sabor, aroma o textura; lo hacía a través de la combinación de ingredientes o de un toque de distinción a la hora de la cocción o la preparación. Aquí radicaba la esencia de la cocina de autor. Este detalle, casi imperceptible para la mayoría, entusiasmaba a André.

—Hoy te encargarás de emplatar cuando lo pidan.
—¿De qué forma?
—Realiza un montaje estructurado, con guarnición alineada. Dos rodajas de un centímetro y dos cucharadas de salsa por encima. ¿Alguna pregunta?
—Ninguna.

El chef se dedicaba a otra cosa porque sabía que ese plato en concreto, se emplataría con delicadeza y saldría con la presentación correcta.

—Por cierto André, se me olvidó decirte que mañana tienes el día libre.
—Gracias, Paul.

Su sonrisa y motivación a lo largo del día, delataban la emoción de André por volver a ver a su madre.

Al día siguiente, André se levantó a las seis de la mañana para poder coger el autobús de las siete. Sabía de memoria el camino de casi dos kilómetros a través de la carretera hasta llegar a la parada. Conocía cada árbol y cada cartel que se cruzaba.

A las nueve y treinta y cinco, bajó en la parada principal de su pueblo con un nudo en el estómago. Era una mezcla entre ganas, ilusión y pena. Cada vez la veía a su madre más deteriorada. Más delgada y pálida. Con menos vida.

No sabía por qué lo hacía, pero al bajar del autobús, corría hasta el restaurante, como cuando tenía siete años y salía del colegio. Al llegar, la abrazaba con tanta fuerza y cariño que algunos de los clientes comenzaban a aplaudir aquella escena pública no común en esos tiempos. Su madre abría muy temprano para atender también los desayunos, no le alcanzaba el dinero para subsistir.

—¿Cómo estás, cariño?
—Bien mamá, pero me tienes preocupado.
—¿Por qué?
—Te veo cada vez más delgada.
—Yo me siento bien, hijo. Cuéntame, ¿qué has aprendido?. A ver si lo puedo aplicar aquí.
—Me dijiste que no darías desayunos.
—Hay muchos gastos. La persona que me ayuda al mediodía y por la noche, se lleva gran parte de los beneficios.
—Vente conmigo y deja el negocio.
—Aún no. Debes finalizar tu formación.
—Necesito ayudarte. Que estés bien.
—¿Y si me ayudas con la cocina?
—Por supuesto. Hoy me encargo yo.

A la mañana siguiente, cuando André regresó a Lyon, le dejó lo que le había sobrado del sueldo sobre la mesa de la cocina, con una nota y la misma frase de siempre. "Aguanta un poco más, mamá. Pronto te sacaré de aquí".

Al llegar a casa exhausta por la noche, su madre leyó la nota y lloró hasta que se quedó por fin dormida.

VIII
Primer galardón

—Caroline, dos sopas de champiñones, lenguado con puré de patatas y ancas de rana con salsa de perejil para la mesa dos.

—Ok André, ahora mismo.

—Hugo, emplata linguini con salsa al pesto y pichón relleno de foie gras para la cinco.

—André, saco este pescado y me pongo a ello. Dos minutos

—Bien, Hugo.

—Samuel, ¿aún emplatas lo de la mesa uno?

—Ya termino, André.

—No puede ser que te lleve más de diez minutos cada plato. Tenemos el comedor lleno y necesitamos concentración y producción.

A los dieciocho meses de haber comenzado como aprendiz y aún faltando seis para finalizar la formación, el chef y su jefe de cocina le habían dado a André diferentes responsabilidades, debido a su crecimiento y rendimiento profesional. No era un liderazgo de personalidades, sino de profesionalidad. André se hacía respetar por el trabajo duro diario y por la entrega y rendimiento de su esfuerzo.

En el momento que finalizaban el servicio del mediodía, el chef Paul Leduc entró por la puerta eufórico. Llevaba una carta abierta en la mano derecha. Se detuvo en mitad de la cocina, junto a la mesa principal de trabajo, miró a todos y con cierta dificultad de expresión, dijo:

—Acabo de recibir esta carta donde nos comunican que la Guía Gastronómica ZETA, nos concede las tan deseadas tres estrellas.

Al comprender y digerir lo que Paul les decía, los quince trabajadores del restaurante comenzaron a festejar la noticia. A partir de ese instante, serían una referencia internacional para personalidades de todo el mundo, incluyendo la alta burguesía francesa.

En ese preciso momento, André tuvo un sentimiento extraño de euforia. Se desabrochó la filipina, se subió a la mesa de trabajo, levantó los brazos y comenzó a gritar:

—Ya era hora de que nos reconozcan como uno de los mejores restaurantes del mundo. ¡En unos años yo solo conseguiré también las tres estrellas y seré el mejor chef del mundo!

El equipo al completo se quedó perplejo ante la manifestación que acababan de escuchar, pero siguieron con el festín, donde no faltó un buen champán.

André necesitaba salir a la calle porque le costaba controlar su estado. Se bajó de la mesa, atravesó el salón y salió por la puerta, con la mirada en el suelo. El chef le siguió detrás:

—¿Qué te sucede, André?
—Siento emoción y a la vez una tristeza inexplicable.
—¿Tristeza? —le preguntó el chef sorprendido—. Tienes parte de responsabilidad en este galardón.
—Lo sé.
—Quizás trabajas demasiado.
—No, no es eso.
—¿Eres feliz con lo que haces?
—Mucho.
—¿Entonces?
—Me duele el alma. No puedo evitarlo.

André comenzó a llorar.

Paul lo abrazó para consolarle. No sabía qué le pasaba ni sabía que decirle. Se quedó en silencio junto a él, hasta que cesó el llanto.

—¿Te encuentras mejor? —le preguntó el chef.

—Quisiera darle a mi padre el abrazo que nunca le di.

IX
El jefe

Cuando se cumplieron los dos años de formación, el propietario del hotel restaurante y chef principal, quiso dar un paseo con André para hablar de futuro. No sabía si el chico tenía alguna otra propuesta: se había convertido en un cocinero cotizado. Era trabajador, detallista, obsesivo y responsable. Tenía madera de líder y una creatividad diferente al resto de los cocineros. Y sobre todo, poseía una capacidad innata para la alta cocina.

André había participado de gran parte de los nuevos platos de autor que salieron el último año. El chef le preguntaba a él —y no a su jefe de cocina—, si le apetecía crear juntos una nueva creación fuera del horario de trabajo y el aprendiz se olvidaba del estatus y se sumergían en la combinación de nuevos ingredientes y sabores. Era un mano a mano, trabajando en equipo hacia un mismo fin. André podía buscar nuevos sabores y texturas setenta y dos horas, sin parar. Era su pasión.

El chef, nada más comenzar a caminar, le dijo:

—André acabas de finalizar tu formación y dispones de un diploma en alta cocina, cursado en un restaurante de tres estrellas. Esto te permitirá encontrar un trabajo donde quieras. Incluso en París.
—Lo sé.

Hubo un silencio. Ambos miraban hacia el camino de tierra que se les presentaba. El chef rompió a hablar:

—Mi jefe de cocina tiene sesenta y tres años y quiere jubilarse. Está cansado y llevamos juntos muchos años. Yo tengo cincuenta y cinco y mi cuerpo y mi mente no funcionan como antes. El restaurante necesita gente joven con nuevas ideas. Tú vas camino de los diecinueve años y este último año me he dado cuenta que podrías suceder a mi jefe de cocina y afrontar este reto juntos. ¿Qué te parece?

André sintió que sus piernas se aflojaban. Era una noticia difícil de digerir de pie. Significaba que pasaría a ser oficialmente su mano derecha. Él tenía claro que aún necesitaba aprender y que parte de los cocineros eran mucho mejor que él, pero que su proyección era ascendente. Pensó en traer a su madre tan pronto como pudiera y esto le originó una emoción a mayores.

—Me encantaría —respondió André al fin.
—Genial. ¿Te interesaría saber las condiciones económicas?
—En eso no va a haber problema. ¿Puedo traer a mi madre a vivir conmigo?
—Por supuesto. Le daremos una habitación.
—Prefiero, si es posible, compartir una doble con ella.
—Dalo por hecho.

Sin contestar, André se paró de repente y abrazó con fuerza a su jefe. Era un acto de cariño que él nunca había mostrado hacia nadie que no fuera su madre.

X
Otro duro golpe

Antes de incorporarse a su nuevo puesto como jefe de cocina, André pidió una semana para ir al pueblo para arreglar lo relacionado con el traslado de su madre y el cierre del bar familiar. Hacía tres meses que no la veía, a raíz de la carga de trabajo que el restaurante había tenido debido al anuncio de las tres estrellas.

Para su madre, fueron meses de depresión profunda. Su ayudante renunció y se quedó sola con el bar restaurante. Al poco tiempo, comenzó a sentir un dolor en el pecho, y por las mañanas se levantaba con tos seca y dificultad para respirar. No quería avisar a su hijo del momento que estaba pasando, pero sentía que su propia vida estaba cayendo en picado.

Al llegar, André se encontró con el bar cerrado y su madre en la cama con diez kilos menos y con mucha fiebre. En el pueblo no le quedaban familiares vivos y nadie podía cuidarla. Pidió un taxi, la cogió en brazos y la llevó al hospital.

Una vez ingresada, le diagnosticaron neumonía aguda. A pesar de los medicamentos que le habían suministrado, seguía con mucha fiebre. André, junto a su cama, le dijo al oído:

—Mamá, cuando salgas de aquí, haces una pequeña maleta y te vienes a vivir conmigo a Lyon. Soy el nuevo jefe de cocina de un restaurante con tres estrellas ¿Qué te parece?

Su madre sonrió y le miró con la misma dulzura que cuando André tenía siete años. Cerró los ojos; mantenía la misma sonrisa de felicidad.

No los volvió a abrir.

XI
Alexander

Alexander era el director general de la Guía ZETA, la guía gastronómica más importante a nivel internacional. A simple vista no había nada interesante en su vida: un cargo directivo y buena posición económica. Un ciudadano respetado. Nadie de su entorno sabía si estaba casado, divorciado o seguía soltero. Un secreto menor en comparación a otro secreto íntimo que en muchas ocasiones le inquietaba con sólo pensarlo y en otras, le generaba un placer tan grande, que terminaba perturbándole.

Alexander era de esas personas de las que no había que fiarse nada de lo que dijera ni lo que hiciera. Hoy decía o prometía algo y mañana, podía ser lo contrario, dependiendo del giro que había tomado la situación, o simplemente dependiendo de cómo se había despertado. Por lo demás, un tipo normal.

Nació en Andermatt, comuna suiza del valle de Urseren. Sus abuelos transformaron una casona antigua en un hostal para albergar a los amantes del esquí en la década de los cuarenta y su padre lo convirtió, treinta años más tarde, en un hotel con spa de lujo en plenos Alpes Suizos. Alexander se crió rodeado de una naturaleza extrema en un entorno familiar frío, donde el único propósito de sus padres en la vida era la ambición de un crecimiento económico exponencial obsesivo, mezclado con poder social.

Su hermano mayor había heredado del padre el gusto por el dinero; por parte de la madre, la obsesión por el poder. Una fórmula explosiva que hoy en día la aplicaba a la perfección: gestionaba tres hoteles de lujo en la zona —con un campo de golf incluido—, y la mejor gastronomía del país, además de tener un cargo político local. Alexander, en cambio, había heredado los valores de su abuelo materno, un amante de la naturaleza que le rodeaba y de disfrutar más de la puesta del sol entre montañas que de los ceros que se encontraban a la derecha de la cartilla del banco local.

Su infancia y adolescencia transcurrieron entre una vida de materialismo fraternal y el cariño de su abuelo. A los diecisiete años, Alexander sufrió uno de los golpes más duros de su vida: la persona que le había inculcado los valores principales desde la infancia, murió de forma natural. Sin decir nada, sin avisar. Se metió en la cama una noche de primavera con la misma sonrisa y ganas de vivir que de costumbre y no despertó. Así de simple era el abuelo.

El golpe fue tan duro, que abandonó el curso preparatorio para ingresar en la Universidad. No fue una decisión pensada ni razonada: su mente se paralizó y entró en una profunda depresión. Alexander se pasaba día y noche en la cama. casi no comía y solía dormirse después de llorar durante horas.

Sus padres contrataron al mejor psicólogo de la zona. Cada día, a las nueve de la mañana, entraba en la habitación de Alexander y hablaban cerca de dos horas. El psicólogo rápidamente detectó que el joven no encajaba con la mentalidad materialista de la familia y que la muerte del abuelo había representado una pérdida demasiado dura para él. Su principal anclaje, había desaparecido.

Al quinto día y tras haber obtenido cierto grado de confianza, el terapeuta le propuso dar un paseo por el sendero que bordeaba el río Reuss. Desde allí, se podían disfrutar las increíbles vistas que ofrecía el Diavolo Klettersteig, una montaña de una altura aproximada de unos dos mil metros, que se encontraba entre Alemania y Suiza y que era conocida y visitada por sus desfiladeros imponentes. Esta ruta en un principio sedujo a Alexander, pues era uno de los paseos preferidos que hacía con su abuelo. Sin embargo, aquella mañana le pareció un trayecto indiferente, casi amenazante.

Tras unos minutos en silencio, le preguntó el psicólogo:

—¿Qué te motiva, Alexander?
—Nada.

Soplaba una brisa fresca y suave. El paisaje invitaba a las confidencias.

—Eso es una contestación abstracta.
—No tengo otra.
—Entiendo que sigas apenado por la muerte de tu abuelo. Hemos hablado estos días de lo unidos que estabais. Es normal que llores y estés triste.
—Era el único que me entendía. Los demás son… eso.
—Puedes decirlo, Alexander. Lo que me comentes, te aseguro que quedará entre nosotros.
—Son asquerosos. Mis padres, mi hermano. Los detesto. Solo piensan en el dinero.
—Y tú, ¿en qué piensas?
—No sé.
—Yo tengo la seguridad de que sí lo sabes, solo que no te atreves a decírmelo.
—¿Qué no me atrevo a decírtelo? Menuda tontería.

El psicólogo sonrió y calló unos instantes. Luego, dijo:

—Eres una persona capaz e inteligente, puedes llegar donde quieras.
—Eso no puedes saberlo por hablar conmigo unos días.
—Claro que sí, Alexander. Me pagan muy bien justo por tener la habilidad de analizar a fondo la psique humana. Puedes engañar a los demás e incluso a ti mismo, pero a mí no.
—Vale —concedió el joven—. Soy un chico listo, ¿y qué?
—Pues que seas consecuente con lo que eres.
—¿Eso, cómo se hace?
—Madurando, Alexander. Y no hay otro modo que aceptar que las personas fallecen y que el mundo es para quienes se quedan. Así ha sido y así será.
—La vida es una mierda.

—Te voy a contar una cosa: mi mujer me abandonó hace dos años. Se enamoró de otra persona y me quedé solo con mi hija de seis años. ¿Crees que aún me he recuperado? No, y posiblemente nunca lo haga del todo.

—Vaya, lo siento mucho. ¿Cómo haces para seguir adelante criando solo a tu hija? —se interesó Alexander.

—Porque no hay otra alternativa. La vida sigue.

—Pero yo no sé qué hacer con la mía.

—¿y sabes qué no quieres hacer?

Por primera vez desde que murió su abuelo, Alexander se sintió diferente: no podía decirse que bien, pero sí atisbó un cambio casi imperceptible, una llama que, en su interior, había prendido.

—Sí —afirmó con seguridad—. No quiero seguir aquí.

—Bien. ¿Y qué quieres hacer?

—Irme y no volver jamás.

—¿Estás seguro?

—Quiero largarme de este pueblo repugnante, lleno de personas materialistas, que aparentan una vida que nunca van a tener. Si mi abuelo ya no está, no quiero permanecer un minuto más aquí. Me marcharía ahora mismo.

Observaron que estaban por llegar al final del camino; tendrían que dar la vuelta o, de lo contrario, se meterían en un sendero de montaña. Volvieron sobre sus pasos y durante cerca de cinco minutos, no articularon palabra. Solo se escuchaba el ruido del río Reuss, que les quedaba ahora a la derecha, donde se podía observar la corriente del río desde otra perspectiva. A sus espaldas, dejaron el Diavolo Klettersteig y sus desfiladeros. El cielo era de un azul intenso y había pocas nubes, que se movían con la brisa y cambiaban las mágicas formas que creaban. Los árboles en fila, paralelos al río, movían sus ramas y sus hojas en la misma dirección que las propias nubes. Daba la sensación que el camino de regreso era más bonito y placentero que el de ida.

El psicólogo mantenía una sonrisa de satisfacción no forzada: el trabajo estaba casi finalizando. Tenía el diagnóstico que necesitaba y ya podía hablar con los padres de Alexander y justificar sus altos honorarios.

El hielo lo rompió Alexander con una pregunta directa y esperada por el psicólogo:

—¿Vas a hablar con mis padres?

—Por supuesto. En cuanto lleguemos, me reuniré con ambos y les explicaré tu situación y las posibles soluciones. No te preocupes, todo va a salir bien. Pero tienes que poner de tu parte.

—Lo que sea necesario, con tal de perderlos de vista.

—Has de esforzarte al máximo para aprobar los exámenes de ingreso a la Universidad. Eres una persona inteligente. Si te comprometes, no dudo que obtendrás buenas calificaciones.

—Te lo prometo. Voy a ser el número uno de la promoción — respondió Alexander con seguridad.

—Perfecto. Es lo que quería escuchar de tus labios.

XII
Giro inesperado

El psicólogo se encontraba en el salón, frente a los padres de Alexander:

—Bien —les decía—, considero que la terapia ha finalizado y puedo asegurar que con éxito.

—Menos mal, con lo que cobras por sesión no contemplaba otro resultado —contestó tajante el padre.

—No hagas caso a mi marido; cuéntanos qué le ha pasado y cómo se encuentra.

—Alexander sufrió un choque emocional importante debido al fallecimiento de su abuelo. Es evidente que era fundamental en su vida.

—Así era. Casi siempre estaban juntos —afirmó la madre.

—La depresión principal —prosiguió el psicólogo—, se está convirtiendo en aceptación. Alexander ha realizado un ejercicio de introspección que he guiado con el máximo respeto a su persona. Esto ha dado como resultado que el paciente esté encarando con madurez afectiva su propio futuro.

—Déjate de echarte flores y tecnicismos y ve al grano. ¿Qué demonios quiere decir eso? —dijo el padre.

—Lo mejor es que os lo diga vuestro propio hijo. Podemos llamarle ahora para que hablemos entre los cuatro. ¿Os parece?

—Perfecto, voy a buscarle. Creo que está en su habitación —la madre se levantó y desapareció por la puerta del salón.

El padre se removió inquieto.

—La juventud es pusilánime —dijo—. Antes, se moría uno de tus padres, estabas un poco triste ese día y al otro, seguías adelante. Ahora, se te muere un abuelo y se te cae el mundo encima.

—Antes lo que pasaba es que no se hablaban estas cosas y quedaban dentro.

—Claro, y a los que son blandos, los hacemos aún más incapaces —replicó el padre—. Alexander es débil: no como su hermano, que ni siquiera soltó una lágrima.

El psicólogo iba a responder, pero en ese momento entraron al salón Alexander y su madre.

—Alexander, les he contado a tus padres la situación y, en mi opinión, tú eres quién debe comunicarles la decisión que has tomado.

—Sí hijo —intervino el padre—, a ver qué nos dices que tu madre y yo estábamos muy preocupados, por eso hemos pagado tanto dinero.

Al ver que Alexander cambiaba la expresión al oír a su padre hablar de dinero, el psicólogo decidió intervenir:

—Alexander me ha dicho que está dispuesto a esforzarse al máximo para los exámenes de ingreso en la Universidad.

—Ah —dijo el padre sorprendido—. ¿Es cierto eso, hijo?

—Sí, papá. Esta misma mañana he comenzado a estudiar.

—Perfecto —asintió satisfecho el padre—. Luego irás a la Universidad de Zurich para estudiar la carrera empresariales. De esta manera podrás llevar parte de los negocios familiares y ayudar a tu hermano.

Con una sonrisa dibujada, que le ayudaba a tener el impulso suficiente para hablar con la fuerza y seguridad necesaria, Alexander respondió:

—No pienso estudiar en la Universidad de Zurich ni en ninguna de este país. Voy a estudiar turismo internacional en la Sorbona de París.

—¿Qué ocurrencia es esa?

—Lo que oyes, papá.

—¡Turismo internacional, menuda pérdida de tiempo! Si es así, despídete de gestionar el patrimonio familiar.

—No hay problema. Yo crearé el mío propio.

XIII
La vanguardia

Jornadas de quince horas de trabajo los siete días de la semana. Una actividad frenética casi a diario. Una obsesión por el perfeccionismo en todos los detalles. No había un solo plato, de los cientos que salían a la semana por la puerta de aquella reconocida cocina, que no pasara por la aprobación y el ajuste de André, el flamante jefe de cocina y mano derecha del chef principal y propietario. Su ilusión y emoción permanente se habían contagiado al equipo al completo que se dejaban la vida para elaborar, pero sobre todo, crear arte para sorprender y alimentar a la élite de una sociedad hambrienta por la innovación gastronómica.

—¿Sabes que hay un cocinero español que trabaja con una técnica que se denomina deconstrucción? —le preguntó una mañana André a Paul, mientras probaban diferentes procesos de cocción para intentar potenciar los sabores de una nueva salsa.
—¿Deconstrucción? ¿Qué técnica es esa?
—Consiste en aislar los ingredientes de un plato tradicional, para luego, reconstruirlo.
—¿Qué se logra con ello?. —preguntó Paul exaltado.
—Se descomponen los sabores, para conseguir nuevas texturas —contestó André emocionado.
—No sé, André. Yo seguiré en la línea que llevo trabajando toda mi vida: me baso en alimentos esenciales y tradicionales e innovo en la cocción y la combinación de ingredientes. No acabo de verme en esa forma de cocinar.
—¿Qué te parece si investigo por mi cuenta y voy probando cosas nuevas?
—De acuerdo. Eres joven y es tu momento para indagar y experimentar.
—Gracias, Paul. Y entiendo que no te llame la atención, pero si me resultaría de gran ayuda contar con tu talento y experiencia.

Paul miró asombrado a André. Este chico no dejaba de sorprenderle. Por un momento, pensó en rechazar la oferta: aquello que le contaba le parecía una concepción tan nueva como arriesgada, él no tenía nada que demostrar y bastante que perder. Sin embargo, sentía curiosidad por explorar qué demonios era eso de la deconstrucción y nadie mejor que André para sumergirse en esa aventura. Suspiró y le dijo:

—De acuerdo: formaré parte de la cata, pero no del proceso.

—Te lo agradezco mucho.

—Tampoco descarto un viaje a España juntos para probar el resultado de esa técnica —añadió Paul con una sonrisa.

—Eso estaría genial.

Durante las siguientes semanas y sin dejar de atender el trabajo diario, André se dedicó con pasión a explorar los caminos inéditos de la gastronomía. Era un prodigio verlo trabajar hasta altas horas de la madrugada, sin atisbo alguno de cansancio, entregado en cuerpo y alma a la búsqueda incesante del conocimiento de la nueva cocina. Tal y como le había prometido, Paul le ayudaba en la cata; pronto se percató que André precisaba de comprobar de primera mano y del mejor maestro cómo funcionaba la deconstrucción. Realizó unas gestiones y un domingo por la noche, tras finalizar el servicio, le dijo:

—André, esta noche te prohíbo que trabajes. Te vas a ir temprano a la cama.

—Pero —protestó André— tengo varias ideas que desarrollar para la semana que viene y no pueden esperar.

—Mañana, a las seis de la mañana, nos vamos a Gerona, a Cala Montjoi, al restaurante de tres estrellas que trabaja esa técnica de la deconstrucción que tan fascinado te tiene.

—Paul, ¡eso es fantástico!

—Vamos en mi coche, me gusta conducir. Serán algo más de quinientos kilómetros: antes del mediodía, estaremos allí. Comemos, damos un pequeño paseo y regresamos.

—¿Cómo has conseguido mesa? Tengo entendido que tienen lista de espera de casi un año.

—¡Oh, eso! Bueno, hablé personalmente con el chef y nos espera a comer. Vamos a probar la cocina del futuro.

XIV
Diploma

El día en el que Alexander recibió el título de licenciado en turismo internacional en la Universidad de la Sorbona de París, ningún familiar asistió al evento. Ni sus padres ni su hermano se acercaron a festejarlo por razones de trabajo. Alexander tampoco asistió a la cena oficial de fin de curso que organizaba la propia universidad, ya que nunca formó parte de ningún grupo íntimo ni tuvo amigos. Ni uno. Se limitó a ir a la entrega de diplomas y desapareció, nada más recibirlo.

Si bien es cierto que se dedicó en exclusiva a sus estudios con el mejor promedio de la promoción, con 9,75, nunca hizo ningún esfuerzo en relacionarse con sus compañeros de clase. La mayoría eran franceses y Alexander sintió que, por ser de otro país, lo menospreciaban: este sentimiento lo tuvo a lo largo de toda la carrera. Lo cierto era que   tampoco puso ningún empeño en integrarse y mostraba un comportamiento distante, casi huraño.

Una semana antes del evento de final de carrera, mientras entraba a su facultad para pedir un certificado, dos compañeras se acercaron a él y le preguntaron con cierto pesimismo:

—Alexander ¿vas a asistir a la cena de fin de carrera?
—No —contestó tajantemente.
—Quizás sea una buena oportunidad para pasar un buen rato con todos.
—Ah sí —respondió con un gesto burlón al grupo de compañeros. — luego añadió —¿Me decís la última semana de una carrera de cinco años que vaya a una cena con mis compañeritos? ¿Es otra de las bromas que habéis hecho a mi costa?
No, Alexander. Eres nuestro compañero y estaría bien que estemos juntos, por lo menos el último día —acertó a decir la

chica rubia que vestía vaqueros negros y un polo blanco con el logo de la universidad.

—Olvidaros de mí —respondió de una forma seca y sin mirarle a los ojos. Dio media vuelta y entró a secretaría.

Alexander odiaba el deporte tanto como amaba la bollería francesa. Este detalle le otorgó un cuerpo voluminoso, de desplazamiento lento. Sus cicatrices en las mejillas a causa de una varicela a los doce años, crecieron a medida que crecía su cuerpo. Visitaba poco al peluquero y su vestimenta le sentaba mal. Las camisas le quedaban grandes de espalda, pero ajustadas a la altura de su barriga. Los pantalones no calzaban bien y cuando se ponía una americana, siempre parecía que estaba mal puesta, o incluso mal confeccionada. A pesar de ello, vestido ganaba mucho más que desnudo.

A finales de junio, con el diploma en la mano y sin antes pasar por su pueblo natal para agradecerle a sus padres el desembolso económico de su carrera universitaria, se presentó en las oficinas de la Guía Gastronómica ZETA; había concertado una reunión con el director general, amigo íntimo de su padre y nacido también en Andermatt. Tras esperar unos minutos que le parecieron eternos, le dijeron que iba a ser recibido. Al entrar al despacho, se encontró al director inmerso en un caos de papeles desperdigados sobre la mesa. Absorto y casi sin mirar al recién llegado, le dijo:

—Pasa y siéntate: dame un momento, por favor.

Alexander obedeció y se contuvo unos instantes. Finalmente, le dijo:

—Me ha dicho mi padre que pase a verle por la posibilidad de realizar prácticas en la empresa.

—Si, claro. La semana pasada me llamó tu padre, y hablamos al respecto. Tengo que agradecerle muchas cosas a tu padre: Benjamin Keller, un gran hombre y un buen amigo.

El director volvió a sumergirse en la montaña de documentos. Alexander estaba cada vez más tenso: pensó en levantarse y largarse sin decir nada, cuando el hombre, sin dejar de mirar unas gráficas, le dijo:

—Recuérdame que has estudiado.

—Turismo internacional en la Sorbona.

—Perfecto. Es una carrera que en esta empresa valoramos mucho. Disculpa, ¿tu nombre, cuál era?

—Alexander Keller —contestó con cierta irritación.

—Ok. Alexander. Perdona mi distracción, estoy concentrado en el cierre económico del mes. Puedes realizar tus prácticas en el departamento administrativo. ¿Qué te parece?

—Esperaba algo mejor.

El director de la Guía se fijó por primera vez en el joven. Recordó que su padre le había comentado que era terco y algo descarado, aunque también podría llegar a ser muy eficiente. Bueno, un perfil así podría ser útil a la empresa. Y qué demonios, era el hijo de su amigo, no era el primero que se presentaba con la arrogancia propia de la juventud. Ya aprendería. En tono conciliador, le dijo:

—A ver, acabas de finalizar los estudios. Es cierto que has estudiado una carrera de futuro en la mejor universidad de Francia, pero no dispones de la experiencia suficiente como para trabajar en otro sitio. En el departamento financiero, no encajarías ni te interesaría. Lo mismo en el departamento de marketing.

—Quiero hacer las prácticas como inspector de la Guía Zeta.

—Eso es imposible.

—No veo por qué.

—Porque deberías disponer de unos conocimientos y experiencia que aún no tienes. De hecho, poca gente los posee. ¿Sabes lo duro que es el proceso de selección para ser inspector?

—Por supuesto. Y le aseguro que cumplo los requisitos.

—¿Sabes cuál es la media de edad de los inspectores que comienzan a trabajar en La Guía?. Cincuenta y cinco años: tú tienes veinticinco. Muchos de los que comienzan, además de tener una carrera universitaria, disponen de varios años de experiencia en el sector de la gastronomía y restauración.

—Yo tengo la capacidad necesaria para aprender rápidamente. Seré el mejor inspector que nunca hayan tenido.

—No dudo de tu capacidad, Alexander. Pero considero que te vendría mejor comenzar en el departamento administrativo para que conozcas la empresa desde dentro, para luego, si demuestras tu valía, ascender.

Alexander se levantó y, para sorpresa del director, comenzó a pasear en silencio por el despacho; daba la sensación que aquel espacio le perteneciese. Llegó hasta el gran ventanal que derramaba luz sobre la estancia y, mientras miraba el exterior, dijo:

—Mi padre me contó una historia hace tiempo. Sobre un amigo suyo, que al parecer hizo dinero rápido de un modo, digamos, poco convencional.

El director tragó saliva. Alexander, como si hablara consigo mismo, prosiguió:

—Yo no juzgo cómo lo hizo, pero otras personas quizás no serían tan comprensivas. Desde luego, sería una lástima: es un hombre capaz y de gran prestigio, que solo aprovechó la oportunidad que se le presentaba. Eso no es malo, en la vida hay que ser listo y saber elegir.

—De acuerdo —casi susurró el director—. Trabajarás en el equipo directivo. Dos oficinas más allá.

Alexander se giró triunfante. Con la mirada fija en su oponente, le dijo:

—No. Voy a comenzar la formación como inspector sin sueldo. ¿Cuánto dura una formación convencional en ese puesto?

—Seis meses —repuso el director, hundido en el sillón.

—Vaya a dar ahora mismo el visto bueno para el inicio de mis prácticas. Si en seis meses recibe un solo informe negativo sobre mí, desapareceré y no me verá en su vida.

—Pero no es algo que pueda decidir así, de repente. Lleva tiempo. He de consultarlo con la junta.

—Seguro que a lo largo del día de hoy lo ha resuelto. Mañana me incorporo. ¿Le parece?

El director contempló al joven. ¡Y pensar que le había parecido un don nadie, con esa pinta tan mal compuesta!. Resopló y dijo:

—Cuenta con ello.

—Perfecto. Buenos días, señor director, gracias por su tiempo.

XV
La Guía

Tal y como le aseguró el director, la formación para inspector internacional de la Guía Gastronómica ZETA duró exactamente seis meses. Cada semana, Alexander se pegaba a un nuevo inspector y mientras recorría parte del mundo decidiendo el futuro de los diferentes restaurantes y chefs, devoraba y asimilaba cada detalle de la profesión. Se sentía querido y respetado por primera vez en su vida. No sólo en cada restaurante al que asistía; también era valorado profesionalmente por el equipo de inspectores y parte del equipo ejecutivo. Además, le fascinaba viajar por gran parte del mundo y comer en restaurantes de primer nivel. Gratis.

—Alexander, a primera vista ¿qué ves en este restaurante o qué detalle te llama la atención? —le preguntó un inspector, mientras disfrutaban de una comida de autor en un ambiente inigualable.
—Hay un detalle que no me gusta.
—¿Cuál?
—Si me dejas diez minutos, te lo digo.
—¿Estás de broma, verdad?
—No —contestó Alexander.
—¿Sabes que estamos en un restaurante de dos estrellas?
—¿Y?
—Que llevas pocos meses como aprendiz y me hablas de un detalle imperceptible que solo tú percibes.
—Veo que me comprendes a la perfección.
—Me estas vacilando. Por esta vez, te lo dejo pasar, pero que no se repita —repuso molesto el veterano inspector.
—Lo acabo de descubrir. La sumiller tiene un problema con el chef.
—¿Qué? ¿De dónde sacas esa información?
—Por su forma de hablar, mirar y servir.

Dos semanas más tarde, la Guía recibió una carta en la que el chef de aquel restaurante notificaba que había habido un cambio en su equipo de trabajo. La sumiller había renunciado y ya habían conseguido un sumiller de renombre internacional.

"Te lo había dicho", le escribió Alexander en un mail al inspector, donde le adjuntaba la carta. "Eso se llama suerte de principiante", le replicó este.

Al año de haber entrado a trabajar, ya mantenía reuniones con la junta directiva en carácter de asesor adjunto. Había comprendido tan bien la esencia de su trabajo, que cada mes entregaba un informe, sin que nadie se lo hubiera pedido y por supuesto, más allá de sus responsabilidades. Pero siempre eran certeros e impecables y, con el tiempo, se volvieron imprescindibles.

—Antes de finalizar la reunión, quiero comentar acerca de un informe que me ha entregado Alexander, donde alerta de que los inspectores son reconocidos en muchos de los establecimientos a los que asisten —leía en voz alta el director, ante la junta directiva y en presencia también de Alexander.

—¿Cuáles podrían ser los motivos? —preguntó el director de marketing.

—Podría leerlo, pero sería mejor que el propio Alexander tomara la palabra.

—Por supuesto —contestó con seguridad Alexander—. Hay detalles y acciones que se repiten con demasiada frecuencia.

—¿Cómo cuales? —preguntó con cierta indiferencia la secretaria del director.

—Muchos rellenan los informes mientras cenan. Suelen ir de traje y corbata. Se les nota demasiado que están pendientes del informe o que miran con demasiada insistencia a su alrededor. Parece que no disfrutan de lo que comen. Tampoco demuestran las emociones típicas de los clientes que asisten a este tipo de establecimientos.

—Me parecen muy interesantes estos detalles —dijo satisfecho el director—. ¿Alexander, estás interesado en dar una charla comentando estos detalles en la próxima reunión de inspectores?

—Será un placer, señor.

Tras intervenir, Alexander se sentó saboreando el rechazo que había generado en parte de los asistentes. Sabían que, aunque apenas le conocían, generaba sentimientos de odio junto a cierto temor ante su presencia. Para ellos, era un joven petulante que se las daba de listo y deseaban verlo caer más temprano que tarde. Lo que no sospechaban es que aquel muchacho, que parecía un mequetrefe entre tanto ejecutivo bien plantado, era poseedor de una psicología fina, de una astucia tremenda y de una ambición sin límites. Igual que sus padres y muy alejado de lo que fue y le enseñó su abuelo.

De todas formas, tampoco importaba mucho: pronto, todos esos inútiles estarían despedidos: y seria él quien se olvidara de ellos.

XVI
El alma

Al finalizar la formación, el trabajo de Alexander consistía en visitar de incógnito los diferentes restaurantes que disponían de una y dos estrellas o que eran susceptibles de tenerlas. Su zona de actuación se centraba en Francia, España, Portugal, Italia y Grecia. Tenía toda la semana organizada al milímetro. Se obsesionaba con aplicar protocolos de trabajo estrictos, con el objetivo de aumentar de forma constante el rendimiento laboral: el mismo hotel y habitación cuando repetía la ciudad, idéntico nombre falso para reservar, el mismo protocolo para conseguir la información necesaria.

—Buenas noches. Tenía una reserva.
—Buenas noches. ¿A nombre de quién, por favor?
—Benjamin Roth.
—Sí, aquí está. Mesa siete, para una persona. Bienvenido señor, le acompaño.
—Muchas gracias.
—¿Es la primera vez que viene a nuestro restaurante?
—Sí. He venido a Atenas por negocios y un compañero de trabajo me aconsejó comer aquí.
—Excelente, señor Roth. Aquí le dejo la carta. Puedo asesorarle o informarle de cualquier duda que tenga al respecto. En breve regreso. Muchas gracias.

Lo primero que analizaba nada más sentarse, eran la decoración, la ambientación y la comodidad del establecimiento, así como la profesionalidad y amabilidad del personal. Su cerebro funcionaba como una máquina de recibir y analizar información abstracta, que traducía en información cualitativa.

—Buenas noches señor Roth y bienvenido. Mi nombre es Ceder Papadakis y soy el sumiller que le va a asistir en la noche de hoy.

—Perfecto —respondió Alexander mientras miraba asombrado el tastevin de plata que colgaba del cuello de aquel sumiller. Un collar tradicional de autenticidad que utilizaban hace años los sumilleres dentro de las bodegas, para poder descubrir el color del vino en la oscuridad y también poder probarlo antes de servirlo.

—¿Desea algún vino en especial o quiere dejarse aconsejar?

—Prefiero dejarme aconsejar. Gracias. ¿Le puedo hacer una pregunta?

—Por supuesto, las que desee.

—Hacía mucho tiempo que no veía a un sumiller con un tastevin.

—Lo heredé de mi padre, mi padre de mi abuelo y éste de mi bisabuelo. Soy la cuarta generación de sumilleres en la familia. Este tastevin significa mucho para mí. Por este motivo, no puedo trabajar sin él. Representa el legado que me ha sido transmitido.

—Muy interesante. Me imagino que me aconsejarás un buen caldo.

—Sí, señor Roth. Regresaré en breve para aconsejarle.

Además del tastevin, Alexander detectó la perfecta vestimenta del sumiller. Camisa blanca, corbata roja y chaleco de color negro. En muchos establecimientos, se solía utilizar una camisa blanca y un delantal negro como símbolo de modernidad: sin embargo, este sumiller le transportaba a las costumbres centenarias de esta respetada y admirada profesión.

El flamante inspector buscaba, como un sabueso, todos los detalles al descubierto o escondidos de aquel emblemático restaurante de Atenas, que ostentaba una estrella. A punto de convertirse en dos. Se fijaba en el modo de proceder de la jefa de sala, de los camareros. ¿Aparecería y le saludaría el chef principal?, ¿de qué forma entraría a la sala?, ¿humilde y sonriente o como una estrella de Hollywood?, ¿cómo le sentaría la ropa?, ¿tendría alguna mancha visible o quizás casi invisible en la filipina?

Otro de los detalles que observaba Alexander era la forma de mirar de los profesionales de sala: cariñosa, fría, indiferente o profesional. ¿Caminaban erguidos, enérgicos, contentos o sin ganas? Le llegaba tanta información en un instante, que necesitaba mucha concentración para digerirla y analizarla para luego, realizar el posterior informe.

En cuanto a la decoración y ambientación, en primer lugar se dejaba llevar por las sensaciones que recibían sus cinco sentidos. Se concentraba en el ruido del ambiente: poco ruido, murmullo razonable, demasiado ruido, música de fondo, cubiertos en contacto con el plato. El perfil de clientes y de qué forma se vestían y se relacionaban entre ellos. El olfato nunca fallaba. Cerraba los ojos y descubría aromas escondidos en el ambiente.

Luego regresaba al propio establecimiento: ¿Cuántas mesas y sillas había?, ¿estaban bien separadas o demasiado juntas? La calidad de los materiales en general: El techo y las paredes, las lámparas y complementos. ¿Qué colores predominaban y qué colores se distinguían? ¿Había ventanas que daban a la calle o a un jardín? ¿Desde fuera se podía ver el ambiente que había en el interior?

El tacto no podía faltar. Pasaba los dedos por el mantel y la servilleta, los platos y los cubiertos. Incluso metía la mano por debajo del mantel, con mucha sutileza, para poder palpar el material de la mesa. ¿Madera noble, material de media calidad recubierto con un mantel de alta calidad?

En cuanto se alejó el sumiller, Alexander dejó caer la servilleta al suelo para ver el tiempo que tardaban en darse cuenta. La mayoría de los inspectores que lo formaron, dejaban caer un cubierto. Pero éste hacía ruido y era muy fácil que se dieran cuenta al instante. Una servilleta era más sutil y representaba, por sí misma, la elegancia y la estrategia en una sola variable.

Cuando finalizaba el primer análisis, se dejaba llevar por las sensaciones que tenía en ese momento para intentar descubrir si lo que había observado estaba en equilibrio. Una sinfonía donde se armonizaban el servicio, la decoración, el personal de sala, la cuchara, el mantel, los colores, el murmullo del ambiente y los cientos de detalles que Alexander analizaba de forma instintiva e intuitiva. En resumen, la primera fase consistía en descubrir si el establecimiento disponía de alma propia.

En la última reunión que tuvo con el equipo ejecutivo de la Guía, Alexander lo definió perfectamente:

—Lo primero que analizo es si el restaurante tiene alma. Cuando todos los detalles están en equilibrio, incluso si un cuadro está mal colgado pero está en consonancia con el resto de las variables, el establecimiento es como si tuviera vida propia. Si cierro los ojos y me concentro mucho, puedo percibir los latidos de un ser que vive y siente.

El equipo ejecutivo al completo se quedó perplejo por lo que les refería Alexander, ya que ningún inspector tenía esta perspectiva del trabajo. Luego añadió:

—Si siento que el establecimiento no tiene alma propia, difícilmente su comida de autor la tenga. Todo tiene que estar en armonía y si descubro una disonancia en alguna variable, en el noventa y nueve por cien de los casos, me revela que la comida carece de alma. Seguro que le falta o le sobra algún ingrediente, o que la cocción o la preparación no fue la correcta.

Alexander había llegado por sí solo a la esencia más profunda de la excelencia gastronómica. No buscaba un detalle específico para tumbar los sueños y el esfuerzo de los verdaderos héroes. Esto le daba igual, como tampoco le importaban el resto de los seres humanos. Lo que realmente buscaba era el equilibrio en forma de un ser vivo con alma.

Nadie entendió por qué Alexander había presionado para galardonar con una estrella a un puesto callejero en Singapur. Fue a cubrir a un compañero de trabajo que estaba de baja; cuando paseaba cerca del mercado central, descubrió un puesto callejero con un plato único de estofado de pollo, que le descolocó por completo.

Al día siguiente, anuló las reservas de la comida y cena —algo que nunca había hecho—, y estuvo sentado en una silla destartalada y una mesa descolorida, cerca de cinco horas. En aquel local, Alexander había encontrado un equilibrio único de absolutamente todas las variables que se podían tener. Había descubierto un ser vivo desarrollado con verdadera pasión, amor, sencillez y humildad. De estos ingredientes, no podía salir otra cosa que un estofado único en el mundo.

La segunda fase de su análisis e inspección, comenzaba cuando leía la carta. Observaba cada milímetro de ella. La presentación en general, el tipo y tamaño de letra, la calidad del material y por último, los platos que se ofrecían; aunque fuera un menú degustación. Intentaba visualizar lo que leía y qué gusto tendría. Se hacía apuestas a sí mismo de las sensaciones que iba a tener con el primer mordisco. Era un trabajo obsesivo.

Por último, se dejaba llevar por una comida de autor hecha con inteligencia, creatividad, pasión y muchísimas horas invertidas. Cerraba los ojos y degustaba cada plato, intentaba descubrir la personalidad del chef a través de su cocina y su habilidad para mezclar ingredientes y descubrir nuevos sabores y aromas.

—Por favor. ¿Puede traerme la cuenta?
—Por supuesto señor Roth. ¿Qué le pareció la cena?
—Excelente. Tenéis un menú degustación muy equilibrado. Regresaré seguro cuando esté nuevamente en Atenas.

—Me alegra mucho su comentario y me alegra que le haya gustado y se haya sentido a gusto. Nos encantaría que regresara.

Al salir del restaurante, se dirigía al hotel para realizar el informe esa misma noche. Si lo finalizaba y enviaba antes de las doce, abría su agenda y tiraba de contactos profesionales. Siempre los mismos. Una vida paralela llena de obsesiones de otro estilo, que le transportaban a un mundo de excitación extrema mezclada con dolor físico.

Ese era el momento preciso en el que Alexander buscaba su propia alma.

XVII
Jubilación

André tiraba del carro de un restaurante galardonado con tres estrellas por seis años consecutivos. Todas las autoridades nacionales e internacionales, sumadas a personas de la alta burguesía y con alto poder adquisitivo que pasaban por Lyon, hacían un alto en aquel emblemático restaurante que ofrecía gastronomía francesa en un entorno inigualable. La innovación en la forma de elaborar y mezclar ingredientes para conseguir nuevos sabores y texturas, con una presentación artística, generaba pasión y sentimientos de identificación en la alta sociedad.

—Buenos días —decía el flamante jefe de cocina cuando entraba por la puerta de la cocina.

—Buenos días André —contestaba todo su equipo a la vez. Se respiraba ilusión de formar parte de la plantilla de un restaurante con tres estrellas.

—¿Cuántas reservas tenemos hoy?

—Al mediodía, lleno total. Un grupo de diez personas, en la mesa dos y tres; tres en la siete y cinco en la ocho. Por cierto, viene el ministro de educación junto con cinco personas más. Parece que esta mañana hay un acto en el ayuntamiento de Lyon y luego vienen a comer —respondió un ayudante de cocina.

—¿Viene un ministro y me lo pones en el último lugar de la lista?

—Te lo he dicho según el orden de reservas realizadas.

—Si es así, te perdono.

—¿Sabías que al ministro lo pillaron hace unos tres meses en un burdel de París con una jovencita sentada encima de sus piernas? —le preguntó un cocinero a André, con un gestó burlón. El resto seguían trabajando, pendientes de la conversación y con una sonrisa dibujada.

—Ni lo sabía ni me interesa —contestó André con rotundidad y sin perder el respeto y cariño que siempre demostraba a su equipo.

—Parece ser que tiene seis hijos —comentó otro de los cocineros.

—Mejor para él —respondió André sin perder la concentración en lo que preparaba.

—Una periodista le preguntó la semana pasada, si había tenido los seis hijos con la misma, y él respondió: con la misma pero con diferentes mujeres —comentó el ayudante de cocina. Todos comenzaron a reirse a carcajadas. André sonrió, sin dejar de trabajar.

Los cocineros y ayudantes, junto al equipo de sala, trabajaban con la ilusión por las nubes, al sentirse que formaban parte de uno de los mejores restaurantes del mundo. Sin embargo, André estaba destrozado por dentro.

Nadie se daba cuenta, pero sentía un gran vacío en su interior, que intentaba llenar cuando se juntaba con Paul para crear verdadero arte con ingredientes esenciales. El resto del tiempo, se ponía una coraza de profesionalidad mezclada con motivación y salía al ruedo como si fuera un aguerrido matador de toros.

Los días interminables, los meses y los años pasaban deprisa, hasta que llegó un momento que marcaría a fuego la vida de André.

Los lunes a las nueve de la mañana solía quedar con Paul para debatir y crear los procesos y mezclas necesarias para darle vida a nuevos sabores, aromas, texturas y presentaciones artísticas. Esa mañana, el veterano chef apareció sin la filipina puesta. Entró por la puerta de la cocina con el rostro serio y dijo en un tono cariñoso:

André necesito hablar contigo. Siéntate.

André se sentó en el taburete de la mesa central y se quedó atento, sin pronunciar palabra. El chef acomodó a su lado otro taburete y comenzó a hablar con la calma que le caracterizaba:

—André, necesito jubilarme. Llevo una vida entera dedicándome a la alta cocina, además de la gestión del hotel. Tengo miles de horas de trabajo a mis espaldas y necesito descansar y disfrutar por primera vez de mi mujer, mis hijos y nietos. Siempre fueron mi apoyo y mi sostén y ahora quiero ser yo el que cuide de ellos. En especial de Inés.

André no apartaba la vista ni la atención de lo que decía su jefe ni de los gestos que realizaba mientras hablaba. André comenzaba a comprender que se encontraba ante un giro radical en su vida. Aún no sabía si sería positivo o negativo, pero estaba seguro que sería un gran cambio. El chef siguió ante la mirada atenta de su jefe de cocina:

—Han pasado casi quince años desde que comenzaste a trabajar aquí como aprendiz. Luego de la formación, pasaste a formar parte del equipo, hasta llegar a ser jefe de cocina y mi mano derecha. He aprendido mucho trabajando contigo, porque tienes una creatividad e inteligencia inagotables. Por todo ello, tienes la experiencia necesaria como para lanzarte a realizar tu propio proyecto. Para mí fueron los mejores años de mi profesión porque nada más llegaste, nos galardonaron con tres estrellas.

—¿Eso quiere decir que cierras el restaurante? —le interrumpió André sin centrarse en los temas emotivos que el chef le manifestaba.

—La verdad, no sé qué hacer. Puedo venderlo o alquilarlo. El inconveniente es que no puedo separar el hotel del restaurante.

—Quiero quedarme con todo. El hotel y el restaurante. —interrumpió André.

—¿Cómo dices?

XVIII
Negociación

—André, necesitas pensarlo con frialdad. Tienes que tener en cuenta que habría que desembolsar un capital que no tienes y no sé si algún banco o inversor te lo prestaría.

—Lo buscaré.

—No solo eso: tampoco tienes experiencia en la administración de un hotel de estas características.

—Aprenderé rápido. Además, el director del hotel seguirá en su cargo y lo gestionará como hasta ahora.

—Por último, si abandono el barco, el restaurante perderá las tres estrellas. Esto significa que se esfumarán el reconocimiento por parte de La Guía y el poder adquisitivo a corto plazo. Vas a remar a contracorriente bastante tiempo. Para el mundo gastronómico, has trabajado para mí: aún no se te conoce por ti mismo.

—Entiendo lo que me dices, pero me siento con la fuerza y experiencia necesaria para llevar el negocio.

—André, no es solo eso, se trata de algo más complejo. Vas a adquirir deudas muy grandes, con lo que trabajarás cuesta arriba. La hostelería es complicada y tiene muchos altibajos. Si un mes te va muy bien, es probable que los próximos dos meses vengan pocos clientes y tengas pérdidas económicas por razones inexplicables e inentendibles.

—Podré con el negocio.

—Llevamos muchos años trabajando codo a codo y no hace falta que me cuentes cosas íntimas de tu vida, porque las he captado. Tienes una mochila muy pesada a tus espaldas, que son tus padres. Sobre todo, tu madre, que dio parte de su vida para que hoy estés donde estás. ¿Necesitas cargar con más peso? — Paul le hablaba con una mezcla de cariño y desesperación.

—Voy a hacerte una propuesta y te lo piensas ¿te parece?

Vio en André el reflejo de lo que alguna vez fue él cuando tenía tan solo veintiséis años y se metió con su hermano mayor en la adquisición del edificio casi en ruinas. La antigua casa de correos regional. Luego vino la restauración por partes, hasta lo que era en la actualidad: un hotel de cinco estrellas y un restaurante galardonado con tres. "Pero eran otros tiempos", pensó.

André le dijo:

—Tengo mis ahorros de casi quince años de duro trabajo. Ni siquiera tuve tiempo de gastar lo que gané. Puedo elaborar un proyecto y presentarlo en el banco para un crédito complementario. Te compraría el cincuenta por ciento del negocio y tendrías el capital suficiente para vivir tranquilo. Además, recibirías mensualmente un alquiler de explotación y unos ingresos anuales, acorde a tu porcentaje de participación en el negocio del hotel y el restaurante. Nos sentamos a hablar dentro de cinco años y vemos la posibilidad de seguir con esta fórmula o reinvierto y te compro el cincuenta por ciento restante. A partir de aquí, puedes rechazarlo o seguir negociando hasta llegar a un acuerdo que sea positivo para ambas partes.

La expresión tensa del rostro del chef se fue relajando mientras escuchaba a su jefe de cocina y antiguo aprendiz: en definitiva, a su hijo adoptivo. Pero había algo que no le cuadraba. Con cierta inquietud, le respondió:

—No me puedo creer que, nada más decirte que quiero jubilarme, me digas que te quieres quedar con todo y luego, ¡me haces una propuesta específica y con mucho sentido! Está muy pensada.

—Desde que era un simple aprendiz y nos galardonaron con tres estrellas, siempre soñé con este momento.

—Vaya. No sé cómo tomarme esto.

—¿A qué te refieres? —preguntó André sorprendido.

—Entiéndeme, no es fácil de digerir.

—Paul, no tengo la ambición material de quedarme con el negocio, sino de que puedas vivir una vida feliz con tu familia, mientras yo me encargo de todo. No lo pude hacer con mi madre y necesito hacerlo ahora contigo.

—Sabes, el mundo cuando uno es joven y no tiene experiencia, se suele disfrazar con la piel de un corderito, pero en realidad es un lobo con ansias de masticar hueso.

André sonrió y adoptó una expresión entre desafiante y melancólica:

—Cada mañana, frente al espejo del baño —dijo—, miro de frente a los ojos de ese lobo maldito.

—¿Y qué haces?

—Decirle a él y al mundo que André Durand no es un cordero, sino un león enjaulado, que espera paciente la ocasión para dejar atrás los barrotes. Para sentirme libre y lleno de vida.

—¿No te das cuenta que el negocio puede ser una trampa, solo otra jaula más grande?

—Eso lo tengo que descubrir por mí mismo.

XIX
Cambio de ciclo

—Es probable que en el mercado me ofrecieran una valoración superior, pero la verdad es que me parece una propuesta justa y con sentido.

— Muchas gracias Paul.

—Además me hace ilusión que sigas tú al frente, en vez de haber conseguido más dinero y que lo llevara una gran empresa carente de sentimiento. Esto me costó demasiado esfuerzo durante muchos años de mi vida.

André sonrió: estaba más tranquilo de lo habitual, incluso su piel parecía más suave. Se sentía lleno de vida, de esperanzas. Paul le estrechó la mano y le dijo:

—Ahora solo falta que un banco o un inversor te preste el dinero restante.

—Mañana a primera hora iré al banco.

—No tan deprisa, André. Te recomiendo que redactes antes un documento con un plan de viabilidad del negocio.

—¿Es necesario? Lo tengo todo muy claro en mi mente.

—Eso no basta. Vas a dirigir una empresa de la que van a depender muchos puestos de trabajo y tu patrimonio personal. Levantar una empresa es una tremenda ilusión pero también una gran responsabilidad.

—Tienes toda la razón, Paul —afirmó pensativo André.

—Te aseguro que vas a ver las cosas con mucha más claridad si plasmas en negro sobre blanco tu idea de negocio. Tienes que presentar un plan de marketing y una simulación de la facturación y rentabilidad a cinco o diez años.

—No tengo mucha idea de esas cosas, suena complicado.

—Lo es. Puedo ayudarte a redactarlo y darle forma. Yo he presentado varios de estos planes a lo largo de los años: también vamos a contar con un economista y un excelente profesional en marketing gastronómico amigo mío, que es español. No te preocupes, realizaremos un buen plan de viabilidad y no tendrás inconveniente en que te lo concedan.

—¿Tú crees, Paul? —dudó André, sobrepasado ante lo que le contaba su querido tutor.

—¡Claro! Piensa que el cincuenta por ciento seguirá siendo mío. Además, tú pones una parte en efectivo y el banco solo la otra parte. No nos engañemos, es mucho dinero, pero esa deuda se podría pagar con los ingresos y la rentabilidad del hotel y el restaurante.

—¿Y si en el futuro tengo problemas económicos?

—No te preocupes, puedes renegociar la deuda en unos años, si hiciera falta. El banco solo quiere que vayas pagando y que sigas siendo su cliente. Y que le sigas dando beneficios, por supuesto. Este es un negocio consolidado y el banco lo sabe. Pero insisto: rodéate de un buen equipo de asesores: son imprescindibles para la parte económica y de marketing. Un restaurante es mucho más que una buena cocina.

—Gracias por todo, Paul.

—¡No me las des todavía! —le dijo el chef sonriendo—. Que sepas que te estás metiendo en un buen lío. Pero es un lío muy bonito. Cuando me lo dijiste me entró pánico, pero reconozco que ahora estoy tan ilusionado como cuando me embarqué con mi hermano en la restauración del edificio y la apertura del hotel restaurante. Verás que te va a ir bien, André. Yo estaré a tu lado en lo que precises para que lo consigas.

Dos semanas después, se encontraban frente a un notario y el director del banco para firmar el acuerdo, que se selló con un largo abrazo entre ambos. El chef lloraba por la ilusión que sentía al entregar una vida entera de trabajo y esfuerzo al que consideraba su hijo. André lloraba por la tremenda ilusión que sentía al haber alcanzado un gran sueño.

También lloraba por la angustia y dolor que sentía en su interior.

SEGUNDA PARTE
Los cruces

I
Erik

El sonido de un mensaje le despertó a las seis y cincuenta de la mañana. Aún no había amanecido. Intentó coger el móvil pero lo desplazó con la mano y se cayó al suelo. Mezcló diferentes pensamientos con el sueño que disfrutaba hace escasos segundos. ¿Quién será?, ¿estará bien mi madre?

Abrió los ojos en la oscuridad, el corazón le latía rápido y fuerte. Se giró y sacó medio cuerpo de la cama, en busca desesperada del mensaje. Palpó la tarima con una mano y lo encontró. Lo desbloqueó y leyó:

"Estoy embarcando ahora hacia París. Estaré casi todo el día de reuniones. Te espero en el hotel de siempre a las 20 horas. Cenamos y jugamos un ratito juntos. ¿Puedes? Tengo información para darte que te hará aún más famoso. Besos Susanne".

Sus labios esbozaron una leve sonrisa; silenció el móvil y volvió a quedarse dormido. Había llegado a las cinco de la mañana después de una cena salvaje y necesitaba descansar para la siguiente.

Erik nació en Munich. De padre alemán y madre francesa. Al finalizar la carrera de periodismo, se trasladó a París, al piso de su abuela, que hacía dos años había fallecido. Un apartamento de sesenta metros cuadrados en la calle Rue Lepic, justo enfrente de Le Moulin de la Galette. Un molino mítico de 1800 en el corazón del barrio Montmartre, reconvertido en un reconocido restaurante en la década de los ochenta.

Su abuela, nada más terminar la Segunda Guerra Mundial, fue durante diez años una de las bailarinas principales del Moulin Rouge. Con los servicios alternativos que le pedían los clientes de aquel emblemático cabaret, pudo comprarse un piso cerca del trabajo y así poder criar sola, a su única hija. La madre de Erik.

Al año de establecerse en la capital francesa, el joven periodista realizó una reforma integral de la vivienda familiar y, con el tiempo, la amuebló a su gusto, con todo el lujo y la ostentación que se pudo permitir.

Erik tenía cuarenta y dos años y era uno de los influencers gastronómicos más reconocidos y temidos de Francia y la mitad del mundo. Tenía ochocientos mil seguidores en Instagram, donde sus historias e imágenes cosechaban cientos de miles de likes: muchas de ellas estaban patrocinadas por marcas de ropa, perfumes o cualquier empresa que buscase su look de bon vivant guapo, atlético y con un punto canalla. Estos jugosos ingresos los complementaba con los procedentes de su canal de Youtube, donde tenía casi dos millones de suscriptores, a los que divertía con sus crónicas desenfadadas del mundo de la gastronomía de lujo y de sus chefs, que literalmente temblaban cuando se enteraban que habían sido objetivo de uno de los vídeos de *La bestia.*

Ése era su apodo en las redes sociales, y a Erik le encantaba: se lo puso un chef español, al que destrozó en uno de sus vídeos más celebrados. Erik, *La bestia* era odiado y amado a la vez: dependiendo del comentario, artículo o vídeo que hubiera realizado, podía elevar un establecimiento o a un chef al cielo en sólo veinticuatro horas o al infierno en el mismo lapso de tiempo. Un simple comentario en Instagram desvelando un secreto gastronómico, corría como la pólvora y repercutía en la prensa digital en tan solo minutos. Hacía gala de un criterio imprevisible, un ingenio mordaz y una sonrisa cautivadora. Quien veía sus vídeos, tenía la sensación de compartir una vida soñada con alguien tan talentoso como indolente, de sentirse cómplice de una existencia despreocupada, de noches eternas con modelos inalcanzables, de cenas con vinos que costaban un mes de salario y manjares que solo verían en la pantalla.

Pero tras este escaparate de frivolidad, había una dedicación enfermiza. Erik se entregaba a su trabajo veinticuatro horas al día. Vivía para ello: asistía a todos los eventos posibles del sector, se codeaba y rodeaba de las personas y las autoridades claves: preguntaba, escuchaba, analizaba, investigaba, perseguía y extorsionaba si hacía falta. También utilizaba otra arma letal estratégica y complementaria, heredada de su abuela materna. En algunos casos, Erik se servía de su cuerpo perfecto para conseguir ese secreto explosivo al que sólo muy pocos tenían acceso. Esto le daba la noticia del mes y le mantenía en la cúspide del periodismo gastronómico sensacionalista.

Porque *La bestia* era muy atractivo. Metro ochenta de altura, cuerpo trabajado en el gimnasio y de natación casi diaria. Cada semana visitaba a su peluquero de confianza, que le arreglaba la barba y el pelo castaño claro. De labios delicados y sensuales, cuando hablaba y sonreía, destacaba la blancura y perfección de los dientes: una sonrisa perfecta. Los ojos azul intenso los heredó de su padre: posiblemente, lo único que heredó de él. Por si fuera poco, su mirada tenía un gesto felino irresistible.

Le atraía el lujo, la moda y la elegancia. Solía vestir de traje sin corbata para los eventos informales e incluso podría ponerse pajarita para los más formales. Habituado a destacar y ser el centro de atención de las miradas cuando hacía acto de presencia. Erik era consciente de ello y lo utilizaba para su beneficio.

Frío, calculador y arrogante. Se perdía en sus pensamientos cuando veía o hablaba con una mujer joven y atractiva, pero sólo pasaba a la acción cuando una mujer o un hombre, ya entrados en años, tenían dinero y poder, sobre todo en el sector gastronómico. Sabía dónde se encontraba el punto G femenino y masculino y daba placer a cambio de información valiosa. En algunos casos, recibía de regalo algún reloj de lujo, viajes exclusivos o el último modelo del Mercedes Benz descapotable C 300, donde se paseaba por los barrios exclusivos de París.

Hacía doce años que Erik vivía en la capital francesa, tras finalizar después de mucho tiempo su carrera en la Universidad de Munich. Su padre era funcionario en el Ayuntamiento de la ciudad bávara, a punto ya de jubilarse. Un hombre sensible y humano. Hablaba poco, aunque mantenía un gesto amable y tierno. Cuando lo hacía, solían ser frases pensadas y razonadas. Nunca criticaba a ninguna persona y si existiera alguna razón fundada para ello, prefería callar y no realizar ningún comentario. Lo contrario que su hijo.

Al finalizar los estudios de sociología y con sólo veinticinco años, su padre quiso conocer París y viajó a la capital. Se instaló en un hostal céntrico y durante casi dos semanas recorrió cada calle y rincón emblemático de la capital.

Una mañana cálida de principios de agosto fue paseando hasta la cafetería La Rotonde, en el Boulevard du Montparnasse. Como las mesas de la terraza estaban llenas, decidió desayunar en el interior. Una vez dentro, descubrió en una mesa del fondo del establecimiento, junto a la puerta que da a los servicios, a una chica joven tomando un café. Su belleza no se correspondía con su tristeza. Se sentó en la mesa de al lado y la saludó con un francés básico con acento alemán, ella le sonrió, comenzaron a hablar sin dejar de mirarse y ya nunca más se separaron.

Ella, la madre de Erik, era una mujer atractiva con rasgos delicados. Metro setenta de altura y tez morena. Su cabello hasta la cintura le potenciaba su natural sensualidad. Sufría depresiones casi constantes y él era su único antídoto. La comprendía y la amaba con la misma intensidad y ella tenía una conexión tan grande que le costaba separarse de él. Al mes de ese casual encuentro, ella decidió irse a vivir a Munich. Se lo comunicó a su madre, la abuela de Erik, que le dio el visto bueno al instante, ya que sabía que su hija necesitaba un cambio radical. A su padre no pudo decírselo, porque nunca supo quién fue.

Al año ya hablaba un alemán correcto y comenzó a trabajar en la librería Hugendubel que se encontraba en la calle Marienplatz, a cien metros del Ayuntamiento donde trabajaba él. A los dos meses de entrar a trabajar quedó embarazada de Erik. Cuarenta años y tres meses después, le detectaron esquizofrenia desorganizada, debido a las incoherencias que comenzó a tener al hablar y a la autolesión. Por este motivo, la internaron en un hospital psiquiátrico a las afueras de la ciudad. Su marido, el padre de Erik, desde entonces ya no comentaba ni lo que razonaba ni lo que pensaba en profundidad. Esperaba el día de volver a convivir con el amor de su vida, de una forma tan simple y natural como el día que la vio por primera vez.

II
Conexión

El primer cambio importante que realizó André, fue modificar el nombre de la marca comercial. La nueva marca patentada a partir de ahora sería Hotel-Restaurante André Durand. Constituyó una sociedad unipersonal con dicho nombre y, en menos de una semana parecía que todo había cambiado; cuando en realidad, no había cambiado nada. El mismo director y personal del hotel y la misma plantilla de cocineros y camareros. Incluso el mismo menú.

Paul, su antiguo jefe y ahora socio, envió una carta formal comunicando a la Guía Gastronómica ZETA su jubilación. A partir de ahora, tomaría las riendas del negocio su jefe de cocina, el chef André Duran. También notificó un cambio de marca, aunque la esencia del establecimiento y el menú, en una primera fase, no se modificarían. Sabía que dicho cambio de marca sería un punto negativo para la Guía, pero André fue rotundo en este aspecto.

Los primeros meses fueron como un bálsamo de aceite para el nuevo empresario. Se sentía feliz y disfrutaba cada minuto de las veinticuatro horas al día que pasaba en su propio hotel restaurante. Iba y venía de forma permanente para hablar con el director del hotel, la recepcionista, el de mantenimiento, el personal de limpieza, hasta finalizar en la cocina con su equipo de cocineros. Se sentía como una esponja al absorber tantos conocimientos de gestión empresarial.

Un miércoles por la mañana, apareció en la recepción una mujer de unos treinta años.

—Buenos días. Mi nombre es Celine Roux y soy representante comercial de la compañía de seguros Euro Enterprise. Somos la aseguradora de este establecimiento y tengo una cita con el director del mismo.

La recepcionista consultó la agenda y tras verificar la reunión, le dijo:

— Bienvenida, señora Roux. Le acompaño a la oficina del señor Durand. Voy a avisarle de que usted ya está aquí.

—Muchas gracias

Celine era una mujer que no presentaba un gran atractivo físico, pero era decidida, con carácter y para cerrar el círculo, simpática. Sus vestidos parecían hechos a medida y su cabello rubio hasta los hombros, irradiaba frescura y naturalidad. Sin lugar a dudas, era una mujer para descubrir.

—Buenos días, soy André Durand —el chef se presentó con la filipina blanca impoluta habitual. La mirada y el rostro reflejaban tranquilidad. Sin embargo, en cuanto la vio, sus ojos le brillaron de una forma especial.
—Buenos días señor Durand, mi nombre es…
—Celine Roux.
—Así es — dijo sonriendo la mujer.
—Siéntese, por favor.
—Gracias. Estoy aquí porque necesitaba realizar los trámites del cambio de empresa. Es preciso para que el seguro integral siga teniendo validez, como le comenté por teléfono la semana pasada.
—Me parece bien. ¿Ha traído los documentos para que los pueda firmar?
—Si claro, pero antes me gustaría explicarle las condiciones. No han cambiado, pero sería conveniente explicarlas con detenimiento.

Mientras Celine leía, André se centró en sus labios, en su forma de hablar y de expresarse. Cuando finalizaba un inciso, ella levantaba la vista y lo miraba para corroborar que todo iba bien. En ese momento, André percibía una conexión especial cuando se acoplaban sus miradas. Sentía una mezcla de sentimientos entre ambos cuando las pupilas se cruzaban, se sumergía en sus círculos negros que le presagiaban un misterio aún por descubrir. Recordó que alguien le dijo hace ya algunos años, que detrás se podía encontrar el alma de las personas y que cuando había conexión entre las pupilas, se generaba una energía indestructible.

—Como ve, señor Durand, este contrato de servicios es igual que con la anterior empresa, pero a su nombre.

—Llámame André, por favor.

—Claro. Debes firmar aquí y ya estaría todo… André.

Firmó el contrato y se miraron a los ojos durante cuatro interminables segundos.

—Bueno André, tengo que visitar a tres clientes más antes del mediodía. Puedes ponerte en contacto conmigo si te surge cualquier duda.

—Lo haré.

A los quince días de aquella reunión, aceptó la invitación de André de ir a dar un paseo por las calles de Lyon. Era la primera vez desde que era el dueño que dejaba el restaurante, pero sentía en su interior un deseo sobrenatural por compartir tiempo con aquella desconocida de mirada de fuego. Sus ojos, y lo que había tras ellos, le atraían de tal forma, que no podía dejar de mirarlos cuando estaba con ella, o pensarlos de forma permanente el resto del día.

Se pasaron todo el día de paseo mientras cruzaban miradas de conexión mezcladas con deseo. Caminaron por el barrio antiguo de Vieux Lyon junto al río Saona, hasta el teatro Galo-Romano, construido hace más de dos mil años. Al final de la tarde, cenaron en la calle Rue Victor Hugo, junto a la Plaza Bellecour. André sentía una felicidad inédita en él. Había descubierto una conexión inexplicable que unía dos almas, que se convertirían en indestructibles e inmortales. Había descubierto el verdadero amor.

—¿André de dónde sacas esa creatividad para generar nuevos sabores y aromas?

—De un sentimiento en un momento concreto.

—¿Cómo es eso?

—Si por ejemplo me encuentro vacío o triste y veo un ingrediente específico, me viene a la mente un plato concreto, con la combinación de otros ingredientes.

—¿Qué tiene que ver que te encuentres triste con un determinado plato o creación?

—¿Qué ocurre si un pintor se encuentra triste y quiere pintar un cuadro?

—Que el cuadro que pinte resaltará su tristeza de alguna forma —contestó Celine.

—A mí me pasa lo mismo.

—¿Y si estás alegre?

—Me viene una inspiración diferente. En ese caso, suelo trabajar nuevas presentaciones de platos.

—¿Cómo te encuentras ahora?

—Crearía la mejor presentación de mi vida.

—¿Y yo tendría algo que ver en esta presentación? —preguntó Celine con picardía.

—Todo. Vente el próximo lunes a mi cocina y te lo demostraré.

—Allí estaré.

III
El hilo

—Como bien sabes Alexander, tengo sesenta y cuatro años y llevo trabajando para la Guía más de treinta. He vivido aquí grandes momentos, pero necesito dar un giro a mi vida. Quiero jubilarme y regresar a mi pueblo —le decía el director de la Guía a Alexander mientras cenaban en un restaurante a las afueras de París.

—¿A plantar lechugas? —le respondió burlón Alexander.

—A disfrutar de un retiro y pienso que bien merecido.

—Es indudable —concedió Alexander— que has levantado una empresa que es la gran referencia del sector.

—Exacto. Y solo me quedaré tranquilo si dejo en buenas manos a la Guía: es el proyecto de mi vida, le he dado todo y sacrificado mucho por ella y no le puedo pasar el testigo a cualquiera. La Guía precisa adaptarse a los cambios y desarrollar un nuevo modelo de negocio. Necesita gente joven, con más fuerzas y las mismas ilusiones que las que aún mantengo.

Alexander resopló, aburrido. No soportaba los circunloquios y en especial, los sentimentalismos. Él prefería ir al grano y así le dijo:

—Quieres que yo la dirija, ¿verdad?

El director lo miró sorprendido. Nunca terminaba de habituarse a los rudos modales de Alexander. Le molestaban y, al mismo tiempo, entendía que, en el mundo moderno, eran la tónica habitual: jóvenes ambiciosos y sin escrúpulos que expulsaban a los dinosaurios galantes como él.

—¿No crees que eso debería de proponerlo yo? —protestó con suavidad el director.

—¡Qué más da! Solo voy a hacerte una pregunta: ¿Quieres escaparte por alguna razón?

—No te entiendo. Tan solo estoy convencido que, como director general de la Guía, podrás encarrilar el rumbo y hacerla aún más grande. Eres una persona muy capaz y con gran habilidad para…

—Sí, sí —le interrumpió Alexander—. Necesitas desaparecer y que yo te tape algún agujero.

—No tengo nada que ocultar, mi gestión ha sido diáfana —dijo orgulloso el director.

—Claro, por eso no se lo pides al director financiero, que tiene mejor perfil profesional que el mío y lleva más años que yo. Por no hablar de Víctor que entró también en la empresa hace más de treinta años.

—La Guía necesita gente joven para mirar hacia el futuro.

—A ti el futuro de la empresa te da igual. Lo único que te interesa es el tuyo propio. O me dices realmente que necesitas y en qué lío te has metido, o pido la cuenta y nos largamos. Invitas tú, por supuesto.

El director tragó saliva. Tras beber un sorbo prolongado de vino, dijo:

—El último año tuvimos un agujero de casi diez millones.

—Lo sé. ¿Qué más?

—Hay casi un millón que no puedo justificar. Y hay un grupo de accionistas que andan haciendo demasiadas preguntas.

—¿Y me vas a meter en este marrón?

—Para nada. Si se realiza un cambio de dirección y se nombra la nueva junta sin hacer ruido, los accionistas mirarán hacía otro lado.

—Y claro, en ese momento es más fácil tapar agujeros. Antes del cierre del año, ¿verdad, viejo zorro? No eres tan tonto, no.

El director lo miró con fiereza. Con determinación, dijo:

—No soy tonto ni tú tampoco, pero no te pases de listo. Ambos nos beneficiaremos y en especial tú, que vas a llegar a la cima a cambio de una maniobra que, dadas tus habilidades para la manipulación, te resultará un juego. Pero si no quieres, busco a otro más sensato.

—Vaya —repuso Alexander divertido—, ¡por fin hablas claro! A ver, dime quién es de confianza y sabe esto y quién no se entera de nada.

—Sólo me fiaría de Achim, Antoine y Adrien. Del resto, desconfío.

—Bien, el ochenta por ciento de la junta directiva a la calle, me gusta. Pero Adrien también se va, que es un imbécil.

—Sin problema —convino el director—. Le convenceré rápidamente para obligarlo a votar a tu favor. Achim y Adrien lo harán sin pestañear.

—Necesito seis votos más para imponerme —dijo pensativo Alexander.

—No te preocupes: los directivos de inspección, marketing, expansión internacional y administración, esconden cosas y las utilizaré en tu beneficio.

—Vale, me faltan dos.

—A Calvin y Dean les prometeré una subida de salario y la dirección financiera y de marketing respectivamente.

—¿Tendré dos directores a dedo antes de comenzar?

—Eso es solo para la votación. En cuanto te elijan, te cargas a todos y les responsabilizas de las pérdidas millonarias ante los accionistas. Tendrás una autopista libre solo para ti.

—¿Y Jacques, tu actual mano derecha y director financiero? ¿Qué vas a hacer con él? o mejor dicho, ¿qué tendré que hacer yo con él?

—Es el primero que tienes que cargarte. Es una persona demasiado ambiciosa y peligrosa. Si no se decide rápidamente tu nombramiento, hará cualquier cosa por alcanzar su propio sueño de ser el próximo director y denunciarme por el agujero económico. Él votará en contra, pero como será una sorpresa, no tendrá tiempo de extorsionar a los nueve necesarios.

—Lo tienes todo muy bien pensado —reconoció Alexander—. ¿Qué excusa vas a poner para forzar este cambio? Si dices lo de la jubilación, se van a poner en guardia.

—Diré que tengo un cáncer terminal. De esta manera nadie me echará en cara nada y en dos semanas ya nadie se acordará de mí y estaré desaparecido en mi pueblo en Suiza.

—Perfecto. Dime cuándo será la votación.

—La semana que viene.

—¿Estás loco? ¿Quieres que sea el nuevo director general y que me cargue a la junta dentro de unos días?

—Bienvenido al mundo de la alta gestión empresarial, Alexander —le dijo sonriendo el director.

IV
La bestia

A las siete de la tarde, sonó el teléfono. Erik se desperezó y lo cogió.

—Erik, soy Christian, ¿qué tal te va?

—Bien, ¿qué me cuentas?

—Te llamo para confirmar tu presencia en el jurado de la entrega de premios de la revista para los chef revelación del año. Será el veintitrés de septiembre, a partir de las dieciséis horas. El evento comenzará a las veinte horas pero el jurado debe estar antes para la deliberación final. ¿Contamos contigo?

—Por supuesto Christian, cuenta conmigo. Como siempre.

—Perfecto, te envío el programa. Gracias Erik.

—Gracias a ti, Christian.

Erik no se perdía ningún evento por nada del mundo y si encima formaba parte de un jurado, como en este caso, o de la organización o de lo que fuera, tendría más cerca esa información de la que luego iría tirando del hilito con mucha paciencia, hasta conseguirla en su totalidad. Así funcionaba *La bestia*.

La revista "La Grande Gastronomie" era la publicación de referencia del sector en Francia, parte de Europa, Asia y Estados Unidos. Cada mes salía a la luz una nueva entrega en francés, alemán, inglés y español. Su anunciante principal y socio con el 57% de las acciones, era la Guía Gastronómica ZETA. También se anunciaban empresas selectas de distribución y ciertos restaurantes que disponían de las estrellas necesarias, que la propia guía gastronómica ofrecía. No cualquiera tenía el honor de aparecer en aquella revista, aunque tuviera que pagar para ello.

La temática que presentaba eran entrevistas a chefs y grandes personalidades del sector, ilustradas con fotos e imágenes impactantes. Además, en cada entrega se ofrecía la receta de algún plato mítico de un chef de referencia internacional. De esta manera se iban ofreciendo los secretos mejor guardados de la cocina del más alto nivel.

Uno de los platos fuertes de la revista era una crítica profesional o artículo de opinión del reconocido crítico gastronómico Erik Fischer. En él, el señor Fischer daba su opinión de un determinado establecimiento donde había ido a deleitarse con su gastronomía, servicio y ambiente. Su punto de vista podía ser neutro. Esto significaba que comentaba tanto detalles positivos como negativos del negocio. O directamente un punto de vista positivo o negativo. Sin medias tintas.

Por los pasillos del mundillo gastronómico se comentaba que el primer día que salía la revista al mercado, todos los grandes chefs corrían para adquirirla y la abrían desesperadamente en el artículo de opinión de *La bestia*, por si de casualidad aparecían ellos, y si no era así, quién había estado en el punto de mira y si había sido un halago o por el contrario, un corte limpio de cabeza.

También se comentaba que ninguno de los restaurantes que invertían dinero en aparecer como sponsor en cada publicación, habían sido presas de una opinión negativa. En alguna ocasión, aparecía un restaurante que se anunciaba, en un artículo de opinión de Erik, pero en este caso, lo solía elevar a una altura celestial. Por esta razón, entre otras, muchos de los restaurantes de referencia internacional y en especial en Francia, cada mes insistían en aparecer en la publicación mensual. Erik era para la revista una pieza clave y muy rentable del negocio y él lo sabía a la perfección.

Esto representaba uno de los mecanismos de funcionamiento de este sector. Un sector donde los genios, artistas, soñadores y sufridores, como eran los chef y el personal de un restaurante, muchas veces dependían de un grupo de personas que vivían como reyes y dictaban sentencia como jueces.

Nada más colgar, entró un mensaje:

"Hola Erik. Salgo ahora de la oficina y voy al hotel. Me ducho y te espero. No tardes besos. Susanne"

Se levantó del sofá de un salto, se dirigió a la ducha, se puso una camisa blanca ajustada al cuerpo y un traje moderno y a la vez elegante y se marchó de su casa. Bajó al garaje, abrió la puerta de su Mercedes, desplazó el techo hacia atrás con un simple botón y salió a una velocidad por encima de la media de las personas normales que salían de un garaje. Pero Erik no era normal. A pesar de que eran ya casi las ocho de la noche, tenía por delante muchas horas intensas, apasionantes y apasionadas.

V
La fusión

El siguiente lunes a primera hora de la mañana, Celine y André quedaron en la cocina del restaurante. André quería enseñarle de qué forma creaba nuevos sabores y texturas. Nada más encender la luz de aquel laboratorio de pruebas, se miraron y comenzaron a besarse sin control. Subieron a la habitación de André y allí mezclaron otro tipo de ingredientes. Para André, fue la primera vez a sus treinta y pico años. Para ella, su primera pasión.

—¿Qué piensas André? —le preguntó ella cuando se encontraban enredados entre las sábanas.
—Me siento lleno de emoción.
—Eso es fantástico.
—Casi siempre, suelo sentirme vacío. O triste.

Celine le abrazó con fuerza. André se sintió seguro. Le dijo:

—Es una sensación muy desagradable. Prefiero el dolor físico, aunque sea muy fuerte.
—¿Prefieres el dolor físico a sentirte vacío? —le preguntó preocupada.
—Si.
—¿Por qué no vas a terapia?
—Ya lo hago: mi cura es la cocina. Cuando realizo creaciones que a mí mismo me sorprenden, cuando me planteo metas inalcanzables y las cumplo.
—¿Cómo por ejemplo?
—Ser el dueño de este hotel-restaurante. Comencé como aprendiz porque mi madre no tenía dinero para que pudiera estudiar, luego ascendí a jefe de cocina y ahora me pertenece.
 —Eso está genial, pero también es una huida hacia adelante.
—Tienes razón, Celine. El trabajo es un remedio, pero no la solución,

Celine se quedó en silencio pensativa mientras le acariciaba la cabeza. El sol entraba a través del cristal de la ventana y se reflejaba en la cama. Los dos miraban el cielo de un azul intenso. Había un silencio de paz y ternura.

—Creo que eres un genio —dijo al tiempo Celine—. Un superdotado. Si te hubieras dedicado a la pintura, serías un pintor reconocido internacionalmente. Lo mismo si escribieras novelas. Y ese vacío que me comentas, es el combustible de tu creatividad.

—Preferiría ser normal y no sentirlo.

—Es lo que te ha tocado. Si el antídoto que utilizas para calmarte es trabajar sin parar, has de entender que también es preciso desconectar y disfrutar.

—No sé cómo hacerlo, ni con quién.

—¿Y tu familia?

—No tengo. Estoy solo.

Celine lo miró con cariño.

—André, yo estoy divorciada. Mis padres se fueron a vivir a Mallorca y casi no tengo relación con ellos y mi hermano vive en Australia. Se casó allí con una chica de Sidney y tiene dos niñas. Se podría decir que estoy tan sola como tú. Vivo en una casona antigua que heredé de mis abuelos.

—¿Dónde esta la casa? —se interesó André.

—A unos quince kilómetros de aquí. Me sobra espacio por todos lados y además, necesita una reforma total. Quizás la ponga en venta.

—Quédate a vivir aquí.

—¡Qué dices! ¿No crees que vas muy rápido? Casi no nos conocemos.

—Más adelante, reformamos la casa y nos vamos a vivir allí.

—Creo que no solo eres un genio, sino que eres un genio loco —contestó Celine, con una gran sonrisa.

—¿Qué respondes entonces? —insistió André.

—Que hoy me quedo y ya veremos mañana. Aunque, ahora que pienso, no va a poder ser.

—¿Por qué?

—No he traído mi cepillo de dientes.

—En el hotel tenemos muchos. ¿Me permites que te obsequie con uno?

—Sería más divertido robarlo, pero vale —le contesto Celine riendo.

Al mes de aquella mañana inolvidable, Celine ya dirigía el hotel y llevaba la gestión del restaurante. Parecía que lo hubiera hecho desde siempre: había estudiado empresariales y tenía una capacidad innata para los negocios. André pudo concentrarse en la cocina y dejó de preocuparse por lo demás.

Eran felices y se amaban: se complementaban de tal forma, que parecían la maquinaria de un reloj suizo.

VI
Horizonte despejado

A las ocho en punto de la mañana, Alexander entró por la puerta de la sala de juntas de la Guía Gastronómica ZETA, vestido con un traje negro, camisa blanca y corbata negra. Todos los miembros estaban listos para comenzar la reunión. El futuro director general se sentó en su sitio habitual. El director aún en funciones, presidía la mesa. Se respiraba un ambiente de inseguridad mezclado de esperanzas. La mayoría sabía que era lo que tenía que hacer.

—Buenos días y bienvenidos a la junta mensual del mes de septiembre —comenzó el director con un tono serio—. En la reunión de este mes hay diferentes temas que deberíamos trabajar: debido a un tema personal, me veo en la necesidad de cambiar radicalmente el orden de los temas. Y por favor, les ruego la máxima discreción en este punto.

Un ambiente de expectación se dejó sentir en la sala. El director continuó:

—Quiero comunicarles que me han detectado un tumor localizado en el pulmón izquierdo. Comenzaré un tratamiento agresivo y con carácter de urgencia en el hospital de Andermatt, mi pueblo natal. Allí me atenderá un médico amigo de la infancia que es además especialista en tumores. Me realizarán un tratamiento de quimioterapia, con posibilidad de operación. Mis posibilidades relativas de supervivencia son del veintinueve por ciento en cinco años.

Los miembros de la junta miraban al director general con cara de asombro y preocupación. Alexander intentaba imitarlos, aunque sus pensamientos se centraban en la habilidad de su jefe para la interpretación teatral. Los nueve elegidos sabían que el director abandonaría el cargo de forma inmediata y tenían claro a quién deberían ir sus votos, pero hasta ese momento, desconocían el motivo. El director siguió con su fatídica exposición:

—Este inconveniente de salud, por llamarlo de alguna forma, me fuerza a tomar una decisión drástica e inmediata. Renuncio en este momento al puesto de director general de esta amada empresa.

Alexander observó con atención la reacción de los demás. Percibió que, más de uno de los que tenían más experiencia, se empezaban a percatar de que aquello estaba demasiado preparado; al fin y al cabo, eran ejecutivos curtidos, que con toda seguridad habían presenciado —e incluso participado— en mascaradas parecidas. El director también lo notó y no quiso dar la más mínima oportunidad a las dudas. Tras un prolongado y dramático suspiro, dijo:

—Señores, en esta situación y para no entrar en una crisis de liderazgo, tenemos que dar sensación de unidad y confianza. Si somos capaces de nombrar nosotros mismos un nuevo director general, que ya sea miembro de esta junta, podré comunicar a los accionistas mi renuncia y se quedarán tranquilos. Los accionistas lo confirmarán en su junta general y todo seguirá como hasta ahora. De lo contrario, se corre el riesgo de que los propios accionistas elijan uno a dedo y externo, que gestionará el rumbo de esta empresa con un futuro incierto para todos ustedes. Por ello, quiero aprovechar esta reunión para realizar un proceso de votación para elegir al nuevo director general en este preciso momento.

—Pero esto es inaudito —se atrevió a disentir uno de los que no formaba parte de esta farsa, —algo de tanta importancia debería haber estado en el orden del día.
—¿Y sembrar el pánico en el accionariado? —repuso con energía el director—. De ninguna manera debemos permitir eso. A veces, llevar una empresa requiere acciones rápidas y

contundentes y no quisiera dejar tras de mí un proceso incierto y peligroso.

—Tienes razón, es mejor salir de esta sala con una decisión concluyente —dijo Jacques, el director financiero.

Alexander tuvo que reprimir una sonrisa. El bueno de Jacques pensaba que él sería elegido como el sucesor: el director lo había convencido de ello durante semanas y, de este modo, se había convertido en una pieza de su propia caída.

—Gracias, Jacques, así es. Con esta acción tranquilizaremos a los accionistas. Además se entregará un plan estratégico de expansión internacional agresivo. De esta manera, daremos una imagen de futuro y de crecimiento. Ante esto, no se arriesgarán a realizar movimientos alternativos, por miedo a riesgos innecesarios.

Al escuchar "Plan estratégico de expansión internacional agresivo", Alexander abrió los ojos y a punto estuvo de hacer un comentario, pero decidió a último momento seguir callado. El director siempre tenía un as en la manga que no dejaba a nadie indiferente. Siempre se escondía algo para el final. Alexander comenzó a ponerse tenso. "Espero que no me la juegue el viejo en el último momento", pensó.

Sin que se generara un debate, los presentes confirmaron la estrategia que proponía el director. Algunos con un simple "estoy de acuerdo". Otros con un gesto de conformidad.

—Bien —dijo el director—. Quien desee presentarse al cargo, que por favor se levante y lo diga en voz alta y clara.

Con firmeza y gesto de triunfador, el director financiero se puso de pie y proclamó con solemnidad:

—Me presento al cargo de Director General de la Guía Gastronómica ZETA.

—Estupendo, Jacques. ¿Alguien más se quiere presentar? —añadió el director, en un tono que daba a entender que lo decía por mera formalidad.

El director financiero sonrió: estaba seguro que nadie se atrevería a enfrentarse a él, pues contaba con la mayoría de votos de la junta. Estaba embargado de una emoción intensa, ante la trayectoria inesperada que se le abría.

—Me presento al cargo de director general —dijo para su sorpresa Alexander, levantando la mano y sin dejar la cómoda postura que había conseguido en el sillón.

El director financiero lo miró con desdén burlón. "Este niñato engreído y mal vestido va a ser el primero que largue, me lo ha puesto en bandeja", pensó. Al momento, intuyó que algo no iba bien, todo resultaba demasiado sencillo.

Iba a protestar, cuando el director aún en funciones, con suma habilidad y mientras se tocaba el costado izquierdo supuestamente afectado por la enfermedad, dijo:

—Perfecto, tenemos dos postulantes al puesto. Se votará en secreto para evitar posibles roces futuros entre vosotros. En la hoja que tenéis a vuestro lado, escribís el nombre de la persona que queréis que sea el próximo director general y colocáis la hoja doblada dentro de esta caja que he traído para la ocasión.

Todos escribieron un nombre en un silencio tenso, en el que solo se oía el crepitar suave de las estilográficas sobre el papel. El sol entraba por el ventanal de aquella sala de reuniones, iluminando y resaltando sólo la mitad de la gran mesa y con ello, la mitad de los votantes, generando sin querer, dos bandos de poder enfrentados. El director recogió uno a uno los votos y, con la caja en la mano, regresó a su puesto, donde comenzó a separarlos uno a uno. Alexander y Jacques se miraban en una suerte de combate sordo.

Habían pasado sólo quince minutos desde el comienzo del sufragio. El director con dos montones separados se puso de pié y con una leve sonrisa proclamó: —El resultado final, es once votos a favor de Alexander Keller y seis votos a favor de Jacques Martin.

—Solicito que se vuelva a proceder a la votación —casi gritó Jacques—. Expondremos ambos candidatos lo que pretendemos hacer y, en base a ello, elegir con criterio.

—¿Acaso dudas de la capacidad de discernir de tus compañeros de junta, Jacques? —insinuó con suavidad el director.

—No. Y tampoco dudo que esta votación haya sido una farsa —respondió Jacques furioso—. Has comprado votos para tapar tu nefasta gestión y lo has hecho mientras me hacías creer que yo sería el próximo director general.

—Esas acusaciones son muy graves —respondió el director—, y por esta vez, las pasaré por alto y pido que no consten en acta. Si quieres repetirlas, no hay problema, pero te arriesgas a terminar con tu carrera profesional ahora mismo e irte de aquí con varias demandas por difamación.

Jacques se levantó de golpe, el sillón cayó hacia atrás. Mirando a los miembros, dijo casi gritando:

—¿Vais a permitir este atropello y ser cómplices de esta infamia?. Pues yo no, así que pido formalmente repetir la votación.

Todos bajaron la cabeza. Quienes habían votado a favor de Alexander no iban a decir nada, y quienes se decantaron por él, pensaban solo en su propio interés. Era tan absurdo como temerario seguir al director financiero en su furia.

—De acuerdo —dijo al fin el director—. Con el poder que aún dispongo como director general de esta empresa y en presencia de toda la junta directiva, quiero comunicar el cese inmediato de actividades como director financiero al señor Jacques Martin. Señor Martin, le pido por favor que abandone esta reunión de inmediato. Ya no forma parte de la Guía Gastronómica ZETA.

—Que sepas que esto no va a quedar así. Te lo aseguro — dijo Jacques, mientras salía por la puerta.

Tras unos segundos incómodos, una sensación de alivio inundó la estancia. Alexander siempre recordaría aquel momento como la mejor lección que le pudo dar el director. Un verdadero ejercicio de manipulación, táctica y estrategia.

—Pido un fuerte aplauso al nuevo director general, Alexander Keller— dijo el ya ex director, al que secundaron con rapidez el resto de ejecutivos.

Alexander con una sonrisa, se puso al fin de pie y dijo:

—Muchas gracias por vuestro apoyo. Para mí ha sido todo demasiado rápido como para realizar un discurso como nuevo responsable de esta querida empresa. Necesito meditarlo con tranquilidad y tomar decisiones importantes y urgentes a la vez. En las próximas cuatro semanas, realizaré un plan estratégico de futuro. Sin embargo, en este preciso momento y con la legitimidad de mi nuevo cargo, me veo en la necesidad de disolver esta junta directiva desde este preciso momento. A lo largo de las próximas semanas decidiré la nueva Junta. Muchas gracias nuevamente por vuestro apoyo y colaboración.

Alexander abandonó la sala de juntas y se encerró en su oficina. Nadie daba crédito a los acontecimientos. Nadie abrió la boca. Nadie se movió de su sitio. Sus caras reflejaban incertidumbre mezclada con desesperación. El teléfono sonó en la sala y atendió el ya ex director general:

—Si. Todo ha salido a la perfección. —dijo en voz disimuladamente baja.

VII
El sabor del océano

—¿Qué haces a estas horas en la cocina André? Son las cinco de la mañana, cariño.

—Me desperté sobresaltado con un pensamiento.

—¿Por eso estás a estas horas en la cocina con un rape encima de la mesa y con un cuchillo en la mano?

André sonrió y tras dejar el cuchillo sobre la tabla preguntó:

—¿A qué sabe el mar, Celine?

—A sal.

—Que sea salado no significa que sepa a mar.

—¿A pescado?

—No del todo. El pescado forma parte del mar pero el mar tiene un sabor particular que necesito descubrir.

—¿Y si nos vamos a la cama y lo descubres mañana?

—Vale, pero hago una prueba rápida y me dices si sabe a mar.

—¿Cuánto vas a tardar?

—Seis minutos.

—Concedido —dijo Celina mientras bostezaba.

André cogió el cuchillo y con mucho cuidado le quitó las carrilleras a la cabeza del rape. Luego encendió la plancha y dejó que se calentara. A continuación, se colocó un guante y escogió un erizo de mar que se encontraba en una caja al lado del frigorífico. Con una tijera, cortó de forma circular la parte superior.

Tienes que hacer esto con mucho cuidado de no pincharte —le explicaba André a Celine—. ¿Puedes ver las yemas de color naranja pegadas a las paredes del caparazón?

Celine asintió.

La plancha ya tenía la temperatura adecuada y André aprovechó para poner dos carrilleras cuatro segundos de cada lado; luego las colocó en un plato y añadió una pizca de sal. Celine observaba todo el proceso con curiosidad.

—Ahora colocaré encima de las carrilleras un chorrito del agua que hay dentro del erizo y extraeré las yemas del interior y las pondré sobre las carrilleras.
—¿Las yemas están crudas?
—Si. Prueba.

Con un tenedor, Celine se llevó a la boca la mitad de una carrillera con una yema encima.

—Cierra los ojos y mientras masticas, dime qué sensaciones y recuerdos tienes.

Celine abrió los ojos vidriosos por la emoción y dijo:
—Sabe a mar cariño. Simplemente sabe a mar.
—¿Por qué lloras?
—Porque al probarlo, he sentido una emoción especial. Era como si me fusionara a él. Como si formara parte del propio océano.
—Ahora faltaría finalizar el plato y dotarlo de una presentación que también inspire al océano. Vamos a la cama. Hoy será un día duro.
—¿No lo vas a probar André?
—No me hace falta.

La cogió de la mano y juntos subieron a la habitación 203.

VIII
Notición

Erik salió a toda prisa de las oficinas de la revista, sin casi saludar a las personas que se encontraba en el camino, hasta llegar al coche. A pesar de la gran cantidad de vehículos que circulaban a esa hora por las calles céntricas de la capital parisina, el trayecto fue de tan solo tres kilómetros y quince minutos de duración.

A las ocho y cinco entró al hotel y al ver a la recepcionista, Erik le preguntó:

—¿En la 315? sin dejar de caminar hacia el ascensor.

La recepcionista, con una sonrisa cómplice realizó una afirmación con un simple movimiento de cabeza.

Mientras subía en el ascensor, Erik se examinó en los espejos para descubrir algún posible descuido en su imagen. Incluso se acercó aún más y realizó una mueca con la boca para disfrutar, una vez más, la blancura de sus dientes y que no hubiera algún resto entre ellos. Ese pequeño detalle, representaría un desastre imperdonable.

Al llegar a la tercera planta, salió del ascensor y caminó unos diez metros hasta llegar a la puerta de la habitación; dio con los nudillos de su mano izquierda tres pequeños golpecitos para no llamar la atención, aunque en los pasillos no se veía ni se escuchaba a nadie.

A Erik le encantaba sobresalir del resto, a través de detalles que formaran parte de una acción o comportamiento, donde se destacaba su propia elegancia. Todo lo contrario a dar golpes en una puerta o hablar con voz alta, aunque estuviera en una habitación aislada con una sola persona. Estos matices los tenía muy en cuenta y los aplicaba casi como una obsesión inconsciente.

La puerta se abrió con suavidad y Erik vislumbró la silueta de Susanne, con el cabello rubio aún mojado de la ducha, vestida con un picardías transparente. Se dio cuenta que no llevaba ropa interior. Su sonrisa de oreja a oreja y la luz que desprendían sus ojos delataban ilusión y pasión contenidas.

En esta acción que no duró más que pocos segundos, Erik tuvo un pensamiento: "De la forma en que me ha recibido, seguro que tiene una información de las que no dejan indiferente a nadie. Hoy le daré un placer infinito".

Erick atravesó la puerta y la cerró a su paso. Se acercó a Susanne hasta que sus cuerpos se quedaron en contacto desde las piernas hasta casi el tórax y comenzó a besarla dulcemente. Ella sintió en el acto una excitación tan grande que percibió una entrega física y mental absoluta, que se tradujo en un hormigueo incontrolado en su estómago y casi todo su cuerpo. Se dio cuenta que todo lo que le hiciera hoy Erik se traduciría en un placer inenarrable.

Susanne vivía en Madrid y era la directora de la red de inspectores de la Guía Gastronómica ZETA en Portugal, España, Italia y Grecia. A los cincuenta y un años, mantenía el cuerpo de una mujer de treinta o cuarenta como máximo. Su rutina diaria de ejercicio y deporte, sumado a una dieta estricta de alimentos sanos y de calidad, la habían convertido en una mujer atractiva y sensual. Sin contar con las cirugías para aumentar el volumen y la dureza de sus pechos, además de diferentes tratamientos para las arrugas. Era alta, delgada y con las curvas bien proporcionadas. Su cabello rubio rizado le llegaba casi hasta la cintura. Su rostro descubría una mujer madura pero muy cuidada. Sus ojos negros profundos y la nariz fina junto a los labios carnosos estaban en un perfecto equilibrio con la delicadeza de los pómulos. Nació y se crió en Viena y después de finalizar la carrera de turismo, comenzó a viajar por el mundo en busca de experiencias de todo tipo; en la actualidad, podía comunicarse a la perfección en alemán, francés, inglés y español.

Soltera casi de profesión, tuvo diferentes parejas más o menos estables, pero cuando la relación comenzaba a ponerse seria, prefería seguir el camino en solitario. Su poder en la Guía, en la revista y en el mundo de la gastronomía era muy alto y manejaba información de primera mano. Ella fue y seguía siendo una pieza clave en el desarrollo y crecimiento profesional de Erik en los últimos años. Y él era una pieza clave para ella, en generarle una excitación y un placer sin control. Era con el único hombre que se dejaba seducir y someter en la cama. O donde fuera.

Cada diez días, Susanne iba a París: durante su estancia, concentraba las reuniones que no podía hacer online y aprovechaba para estar con Erik. Además de la intimidad gozosa, disfrutaba de su compañía y se divertía leyendo sus artículos de opinión y sus escandalosos vídeos. Nunca pensó seriamente en ir más allá con él, en algo más que no fueran encuentros fugaces, pero muchas veces, cuando estaba sola en su casa de Madrid o en algún hotel, le echaba de menos y le escribía o llamaba. Casi a diario.

Después de hora y media de goce y orgasmos incontrolados, ambos se quedaron mirando el techo: recobraron el aliento y algo del sentido. A pesar de que él solía ir a esa misma habitación varias veces al año, no dejaba de sorprenderle y seducirle la decoración exquisita de un hotel de cinco estrellas. En alguna ocasión, se le pasó por la cabeza que un porcentaje de su excitación con Susanne era debida al lujo que rodeaba sus encuentros.

De repente ella se giró, acercó sus labios a la oreja de Erik, que seguía mirando hacia el techo y susurró:

—Este fin de semana discutieron la sumiller y el jefe de cocina con el chef Gerónimo del restaurante Mo. Renunciaron.

—¿El restaurante Mo de Roma? ¿De Gerónimo Giordano? ¿El que el año pasado pasó de una a dos estrellas? —preguntó Erik exaltado.

—Exacto —respondió Susanne.

—Eso significa que dentro de escasos dos meses, cuando comience la campaña de los inspectores, es posible que se quede sin estrellas.

—Seguro que perderá las que tiene ahora —convino Susanne.

—¿Has hablado con él?

—Aún no porque pasó hace tan sólo cuarenta y ocho horas y no puedo meterle presión, hasta que llegue su propio comunicado oficial a la Guía de lo sucedido y de qué manera lo va a solucionar. Además desvelaría mi propia fuente, que en ese momento se encontraba en el medio de la discusión.

—¿Tienes allí quien te informa? —dijo Erik, admirado.

—Querido, tengo ojos y oídos en las plantillas de los mejores restaurantes del sur de Europa. Así puedo tomar decisiones con mejor conocimiento de causa.

Erik no quiso preguntar ni indagar quién había sido su fuente; ni era de su incumbencia ni le interesaba. Pero se quedaba sin palabras cuando Susanne, cada vez que le veía, y en algunas ocasiones por teléfono, le desvelaba información de un valor incalculable. Tenía muy claro que Susanne representaba su hada madrina personal y que nunca querría separarse de ella. Por lo menos, mientras tuviera ese poder en el sector y le siguiera proporcionando estas primicias tan imposibles de obtener de otra forma.

—Perfecto, mañana a primera hora comenzaré con el artículo para el blog y las redes sociales. Tendrá un impacto sin precedentes.

—Ten mucho cuidado, no puedes dejar puntos de fuga que desvelen que la info ha salido desde dentro —le advirtió Susanne.

—Tranquila, haré ver con claridad que mi fuente es externa —le contestó Erik con seguridad.

—¿Vamos al restaurante o pedimos que nos suban la cena?

—Mejor la segunda opción, tenemos que seguir festejando nuestro encuentro y este notición que me has proporcionado. Gracias, cariño.

Susanne sonrió. Sabía que gran parte del interés de Erik por ella se sustentaba en las confidencias que le contaba, pero lejos de molestarla, lo veía como un ingrediente imprescindible en la relación que mantenían. Erik era un amante único, complaciente y divertido y eso había que pagarlo de algún modo. Antes de descolgar el teléfono para pedir la cena, añadió:

—Tengo otra noticia que te dejará con la boca seca, así que pediré champán para que eso no ocurra.

IX
La estrategia

La primera reunión mensual de la nueva junta directiva de la Guía Gastronómica ZETA, después del nombramiento de Alexander Keller como nuevo director general, comenzó con muchas expectativas. Nueva dirección y nuevo plan estratégico de expansión internacional.

Alexander aún no había entrado a la sala, por lo que se escuchaba un bullicio constante. Se mezclaban comentarios de curiosidad y emoción. Nadie dudaba de la capacidad del director y tenían una información algo difusa de lo que se presentaría esa mañana.

Susanne estaba al tanto de todos los contenidos y estrategias que allí se presentarían, pero al ser preguntada, cambiaba de tema rápidamente con la habilidad que le caracterizaba. Nunca se dejaba llevar por las emociones, salvo que estuviera junto a Erik: en esos momentos, se permitía dejarse llevar y que florecieran emociones incontrolables. Pero esa mañana, su amante no se encontraba cerca.

Alexander entró por la puerta y se hizo un silencio absoluto. Parecía que los diecisiete ejecutivos que, hasta hace escasos segundos no paraban de hablar, ahora aguantaban la respiración o la disimulaban. A Alexander le encantaba la sensación de poder que sentía en ocasiones así. Era algo adictivo y a lo que no iba a renunciar por nada del mundo.

La mayoría de los presentes eran directores de zona y formaban parte del nuevo grupo que dirigiría la Guía. Este había sido el primer cambio del nuevo director. Un movimiento sorprendente que levantó ampollas en la empresa, ya que se despidió de forma fulminante a doce ejecutivos que llevaban toda la vida en la empresa. Este golpe audaz gustó a todo el mundo, en especial a los accionistas, que vieron en Alexander un líder con visión de futuro, ideas nuevas y, sobre todo, con gran interés en hacerles ganar más dinero.

El flamante director general tomó la palabra:

—Buenos días. Si bien llevo cuatro semanas como responsable de esta empresa y en el transcurso de las mismas, he tomado decisiones relevantes. Esta reunión abrirá un antes y un después. He venido a presentar el nuevo plan estratégico general y el plan de expansión internacional, que se activará a partir de mañana.

El nuevo director financiero interrumpió el discurso, justo en el preciso momento que Alexander hizo un alto de un segundo para respirar:

—Perdone, señor ¿Enciendo el cañón para comenzar?
—Por supuesto, Abel.

Alexander encendió el ordenador, abrió la presentación en la primera diapositiva y prosiguió con su discurso.

—Como todos sabéis, la Guía atraviesa un momento económico complicado. En el último año, tuvimos pérdidas millonarias. Sin embargo, no se comentó nada o casi nada a lo largo de las diferentes reuniones mensuales que tuvimos. Considero una irresponsabilidad este hecho. Por este motivo, decidí renovar la mayoría de los integrantes de la junta directiva y apostar por los directores de zona. Vosotros sois los que controláis el mercado porque trabajáis en él y sois los que debéis estar aquí presentes. Desde una oficina, no se pueden tomar las decisiones necesarias.

Los diferentes integrantes seguían casi sin respirar. De los diecisiete, hubo cinco que tragaron saliva al escuchar esto último. Prosiguió hablando:

—Hasta ahora, nuestros ingresos principales eran la venta de la Guía a nivel internacional, la organización de los eventos anuales a través de las empresas patrocinadoras y los ingresos anuales del cincuenta y siete por ciento de los beneficios de la revista La Grande Gastronomie. Sin embargo, nuestros gastos aumentaban año tras año, sin que se hayan diseñado acciones estratégicas para dar vuelta esta tendencia de pérdidas permanentes. Por este motivo, presentaré a continuación un plan ambicioso que generará los ingresos necesarios para transformarnos en una empresa rentable y con futuro.

Se escuchó un aplauso generalizado y se podía ver ilusión en los ojos de los allí presentes. Susanne radiaba felicidad y orgullo, por ser la nueva mano derecha del que podría ser el mejor director de la historia de la Guía. Alexander esperó pacientemente que el aplauso finalizase y continuó:

El plan consta de siete bloques principales. Pero antes de presentar dichos bloques y sus acciones, he traído un contrato de confidencialidad que tenéis que firmar cada uno de vosotros. En él pone que cualquier tipo de información que salga de esta reunión al mundo exterior o incluso fuera de esta sala, se pondrá en marcha una investigación y el responsable deberá indemnizar a esta empresa con un millón de euros.

Los que hasta ese momento respiraban disimuladamente, dejaron de hacerlo al instante. La junta al completo se quedó petrificada, intentando digerir lo que escuchaban. Susanne se puso de pie y comenzó a repartir el documento a cada uno de los asistentes. Con su voz sensual añadió:

—Tenéis diez minutos para leerlo. El que quiera continuar trabajando para la Guía, deberá firmarlo. El que no esté de acuerdo, puede retirarse ahora mismo de la reunión. Muchas gracias.
—Tu también, Susanne —dijo tajante Alexander.

A pesar de aquella locura que estaban a punto de aceptar a través de su firma, nadie se levantó de su asiento. Muchos necesitaban el puesto de trabajo, otros estaban de acuerdo con aquella medida y unos pocos tenían demasiada curiosidad en aquel plan estratégico *top secret*. A los diez minutos, todos habían firmado el documento, Susanne incluida.

Con una sonrisa triunfadora, el director se puso de pie y le dio al mando y todos observaron que la presentación pasó al segundo slide que exponía la estructura básica del plan:

Venta de la Guía física.
Ingresos anuales revista.
Ingresos Guía digital.
Ingresos directos: eventos y ceremonias (pago único por organización).
Ingresos directos: sponsors y patrocinadores (acuerdos generales y específicos).
Ingresos directos: nuevas ciudades y países (pago único por año. Administraciones públicas).
Ingresos directos: plataforma reservas en línea (pago por reserva).

Mientras todos estaban concentrados intentando comprender la información, Alexander rompió el silencio:

—Muchas gracias por vuestro compromiso con la empresa. Como podéis ver, las cosas van a cambiar radicalmente. Necesitamos un plan agresivo y profesionales que lo apliquen. Necesitamos una empresa fuerte y rentable para seguir siendo una referencia a nivel mundial y potenciar un crecimiento exponencial constante. Hoy presentaré sólo esta estructura estratégica básica, que iremos profundizando a lo largo de estos meses. ¿Alguna pregunta?

Como era de esperar, nadie formuló ninguna cuestión. Alexander carraspeó y dijo:

—Bien, os voy a adelantar algunas líneas maestras. Como primera medida de cambio, se realizará una reestructuración de las empresas patrocinadoras y sponsors, para potenciar aún más esta vía de ingresos recurrentes. Se abrirá la guía en formato online y se potenciarán dichos patrocinadores casi de forma ilimitada.

La concurrencia seguía atenta al alud de novedades.

—Por otro lado, cobraremos un pago único por el derecho a organizar nuestros eventos y ceremonias anuales y trimestrales. El pago único tendrá un coste mínimo de cincuenta mil euros, dependiendo de la importancia de la ceremonia y el tamaño de la ciudad. Cobraremos directamente a las administraciones públicas locales y regionales que deseen organizarlos. A mayores, ingresaremos dinero por parte de los habituales y los nuevos patrocinadores, como hasta ahora.

Un murmullo de conformidad recorrió la sala. Era, desde luego, un plan ambicioso.

—En cuanto a la apertura de nuevas ciudades y países, realizaremos un plan de expansión internacional a través de las administraciones públicas responsables del turismo local y regional. Para abrir nuevas zonas, cada administración deberá realizar un pago único en el acto o fraccionado de cinco millones de euros. Esto asegurará un mínimo de restaurantes galardonados. Gracias a nuestra repercusión internacional, cada ciudad que realice dicha inversión, la amortizará con el crecimiento del turismo de calidad.

Susanne, a quien Alexander había anticipado las medidas, rumiaba de satisfacción.

—Y por último, el mes que viene sacaremos al mercado una central de reservas online en varios idiomas, para que clientes de todo el mundo puedan reservar en tiempo real cualquier restaurante, segmentado por número de estrellas, países y ciudades. También comentaros que lanzaremos un nuevo galardón para aquellos restaurantes de comida de autor, que tengan muchas posibilidades de tener una, dos o tres estrellas en un futuro.

—Este último punto ¿qué tipo de ingresos tendría? —se atrevió a decir el director de la zona de Norte América.

—Buena pregunta —concedió Alexander—. La central de reservas estará conectada con la central de reservas de los diferentes restaurantes asociados. Tendremos el control absoluto de las reservas. A fin de mes cobraremos, a cada establecimiento, un porcentaje de la facturación por comensal. Hemos realizado un cálculo aproximado y simulado: el primer año, podríamos tener unos ingresos directos de más de treinta millones de euros.

—¿Y el restaurante que no quiera estar en dicha plataforma de reservas? —preguntó el director de marketing.

—Dejará de existir a medio plazo, salvo que quiera cambiar su modelo de negocio y comience a vender hamburguesas y refrescos —afirmó de forma contundente el director general.

—¿No te parece excesivo la estrategia de la plataforma de reservas online? —dijo el director de la zona norte de Europa.

—¿Por qué? Nosotros ofrecemos un servicio para aumentar el número de clientes en cada restaurante y cobramos un porcentaje por ello. Esto es una empresa y no una oenegé —le respondió Alexander molesto.

—Más que nada —insistió el de la zona norte—, porque de esta forma, se rompería la esencia que siempre ha tenido la Guía, de galardonar a los mejores restaurantes del mundo y no solo al establecimiento que acceda a pagar publicidad. Y que además, tenga que pagar un porcentaje por comensal que consiga a través de nuestra plataforma, ¿no debería ser un servicio gratuito por nuestra parte?

Alexander resopló. En un tono suave pero cortante, dijo:

—¿Sabes cuánto dinero le cuesta a esta empresa al año tu vida de excesos permanentes? Yo sí. ¿Quieres que debatamos también de eso?

El director de la zona norte de Europa enmudeció mientras su cara se tornaba de color blanca. Los demás fueron conscientes que Alexander los tenía vigilados y sabía todo de ellos.

—La reunión ha finalizado —proclamó Alexander—. Cada uno de vosotros recibiréis, en vuestro correo, una copia del plan estratégico y las responsabilidades que vais a tener cada uno en los puntos hoy presentados. Para la próxima reunión, necesito vuestras opiniones, pero sobre todo vuestras propuestas específicas. Hasta el mes que viene.

X
Sexto sentido

—Quiero que seas mi jefe de cocina —le dijo André a Jean, justo antes de comenzar los preparativos de las comidas de ese día.

—Gracias André, por confiar en mí —le respondió con un tono tranquilo. Jean sólo demostraba emoción a través del brillo de sus ojos y el rojo de las orejas, que habían comenzado a perder el color piel habitual.

—Gracias a ti por acompañarme y esforzarte cada día.

—¿Qué esperas de mí, André?

—Necesito renovar la cocina que ofrecemos. Antes de que Paul se jubilara, fuimos a un restaurante español y allí me di cuenta de los cambios que se avecinan.

—Pero la cocina francesa es la mejor y la más reconocida del mundo.

—Ya no, Jean. Hace muchos años, la creación de un plato pasaba sólo por el gusto.

—Así es. Luego dio un giro con la cocina multisensorial.

—Exacto —convino André—. Comenzamos a crear platos que potenciaban los sentidos.

—Como el tacto a través de las temperaturas y texturas, la vista a través de las presentaciones, el olfato a través de ingredientes naturales y sus mezclas. O el oído por el ambiente del propio establecimiento.

—Y por supuesto el gusto, a través de nuevos sabores. Ahora hay un sexto sentido.

—¿Como la peli de Bruce Willis?

—Te estoy hablando en serio Jean.

—Perdona André. Continúa.

—Una vez que la gente ha experimentado la cocina multisensorial, se abren nuevos horizontes y formas de disfrutar lo que representa la comida y las emociones que genera.

—Eso ya lo teníamos en consideración.

—Si, pero hasta ahora las emociones representaban un equilibrio entre la cocina multisensorial y la experiencia que un cliente vivía a través del trato que recibía, el entorno y el ambiente que se respiraba.

—¿Y ahora?

—Hemos de potenciar el placer físico a través de la comida. Que el propio plato tenga un sentido. Que cuente una historia sin contarla.

Jean se rascó la cabeza: sus orejas ardían.

—Placer físico —dijo—. Contar historias sin contarlas. ¿Y justo en este preciso momento me nombras jefe de cocina?

—Jean, no te agobies, lo vas a hacer muy bien.

—Eso espero, André. Pero si te soy sincero, lo que me cuentas aún no lo entiendo.

André sonrió. No se consideraba un genio, como le decía Celine, pero tenia que reconocer que su cabeza iba muy rápido y, en cierta medida, veía cosas que los demás no acababan de percibir. Sí, tenía que explicarse mejor. Jean era un excelente cocinero y podría serle de gran ayuda.

—A través de la cocina —le decía a Jean, que lo escuchaba con atención—, tenemos que provocar al cliente. Utilizar la transgresión, la sorpresa, los juegos, la magia o por ejemplo la ironía para que se generen recuerdos emocionales que perduren en el tiempo.

—¿Cómo vamos a lograrlo? ¿No nos estamos obsesionando con un supuesto futuro efímero? ¿Qué pasa si apostamos por ello y la moda se desvanece?

—No es una moda, es una revolución: después de ella, nada será como antes —le respondió André con seguridad.

—¿Hemos de cocinar entonces de un modo diferente?

—Sí y no. Se trata más bien de aportar y transformar, de abrirse.

—Cocinar como siempre desde una perspectiva nueva.

—Exacto, Jean.

—Dime. André, ¿qué objetivo buscas con todo esto? Eres insaciable.

—Te diré la verdad, Jean: En este mundo, todos esperan que alguien triunfe en algo para copiarle. Mi propósito es formar parte de ese pequeñísimo grupo de profesionales que generan los cambios y avances necesarios para que la vida y el mundo sean un poco mejor.

—Y como bien dices tu, luego te copiarán.

—Así es, pero no me preocupa. Incluso me motiva aún más. Sé que este camino conlleva riesgos y sufrimientos permanentes, pero para mí representa la esencia de mi vida: busco dejar huella en la sociedad y específicamente en este sector.

Jean se quedó boquiabierto. La determinación y claridad de André eran contagiosas. Al igual que Paul, sintió que tenía la inmensa suerte de compartir fogones con un genio único. Con aplomo, le dijo:

—André, cuenta conmigo.

—Gracias Jean. Como te he dicho, no va a ser fácil: en breve me comunicarán formalmente que perdemos las tres estrellas, pero las recuperaremos y no solo eso; seremos los mejores. Te lo prometo.

—No tengo ninguna duda de ello.

—Solo hay algo que confieso que me aterra —dijo André—. Y es el tema de la viabilidad económica. Mi idea es potenciar el hotel para que financie las posibles pérdidas del restaurante. Si lo conseguimos, podremos dedicarnos a generar la gastronomía del futuro y, por supuesto, divertirnos.

—Entonces vamos a divertirnos, André.

XI
¿Cocinero o chef?

—Mañana he quedado con Bastien Leroy —le decía Celine a su marido—. Ya ha salido la herencia y quiero restaurar la casa de mi abuela para que vayamos a vivir allí. Me encantaría que él se hiciera cargo.

—¿Es decorador?

—Es un artista muy reconocido en Lyon. Fuimos al instituto juntos.

—¿Qué diferencia hay entre un artista y un decorador? —se interesó André.

—Un decorador se especializa en generar o revestir espacios determinados y un artista puede crear desde espacios hasta esculturas, cuadros o piezas con diferentes materiales.

—Comprendo. Seguro que hará un trabajo magnífico en la casona.

—¿Te gustaría que nos fuéramos a vivir allí?

—Por mí, no hay inconveniente.

—André, tienes que poner emoción e ilusión en otras cosas que no sea la cocina.

—Pero aquí en el hotel estamos cómodos. Disponemos de una habitación grande y todos los servicios.

—Ya lo sé. Pero quiero y necesito que tengamos nuestra casa y nuestra intimidad. Es un proyecto paralelo y necesario de futuro. No quiero vivir toda mi vida en un hotel, que además coincide con mi trabajo. Necesito y necesitamos un espacio privado.

—Te entiendo. Intentaré implicarme.

—¿Lo intentarás?

—Me implicaré. Perdona.

—¿Te gustaría conocer a Bastien?

—¿Para qué?

—Porque entre artistas seguro que tenéis mucho de qué hablar.

—Yo no soy un artista. Soy un cocinero.

—André, tú eres un chef.

—Pues eso. Un cocinero.

—Creo que hoy es de esos días que es mejor pasar por al lado tuyo y mirar hacia otro lado.

—Hace unos días tuve una conversación con Jean y le propuse ser mi jefe de cocina.

—¿De verdad? Pues es una excelente noticia. Creo que es la persona idónea para ese puesto. Además todo este tiempo has remado tú solo con toda la responsabilidad y necesitas una organización interna más adaptada a lo que representa el restaurante.

—Sí. Además quiero ir cambiando la forma de cocinar o de crear. Necesito hacer algo más que ancas de rana o un pescado al horno con buena presentación y crear platos que generen emoción.

—Me encanta escuchar esto André. ¿Qué te parece si hablo con Bastien y tienes un encuentro con él?

—¿Para qué? ¿En qué me podría ayudar a mí un artista?

—¿Sabes qué diferencia hay entre un cocinero y un chef?

—Que los dos cocinan.

—Te pregunté en qué se diferencian y no en qué se parecen. Un cocinero está preparado para preparar y cocinar casi cualquier tipo de receta.

—¿Y un chef?

—Un chef tiene la capacidad de crear casi cualquier tipo de receta. Hay una diferencia grande entre cocinar y crear. Tu eres un artista y creo que para crear platos que emocionen, deberías hablar con un artista para que te dé las claves necesarias. Él crea esculturas y piezas que emocionan, de lo contrario en vez de esculturas serían un trozo de piedra esculpido o un trozo de madera tallado. Las esculturas emocionan y un tronco tallado no. Lo mismo pasa en la cocina. Quizás te pueda ayudar a que comprendas la esencia del arte para que lo traslades a un plato que emocione.

—Me has convencido. Justamente hablaba con Jean ayer sobre las emociones en la comida.

Mañana cuando quede con Bastien, le propongo que tengáis un encuentro.

—Fenomenal.

XII
Patinazo

A la mañana siguiente de la cita con Susanne y tras haber dormido solo un par de horas, Erik se levantó exaltado y le envió un mensaje a Daniel, el estudiante de comunicación que le grababa y editaba los vídeos:

"Daniel hoy grabamos a las diez. No me puedes fallar. Te espero en la parada de autobuses de Champ de Mars. Hoy grabaremos con la Torre Eiffel de fondo. Tengo un bombazo".

Daniel, al ver el mensaje, decidió llamarle:

—Erik, estoy a punto de entrar en clase. ¿No puede ser sobre las doce?

—No me fastidies Daniel. Esto es muy importante y necesito lanzarlo al mediodía. Venga date la vuelta, coge la cámara y vamos a grabar. A la universidad vas todos los días, pero a grabar un bombazo sólo una vez a la semana.

—No sé si llegaré a las diez en punto. Sabes que el autobús da muchas vueltas.

—No te preocupes. Te pillas un taxi y luego te doy el dinero. Después de editar te invito a comer a un sitio donde sólo dejan entrar a las modelos.

—Vale ¡cómo me lías Erick! Venga, doy la vuelta, cojo el equipo y voy para allá.

—¡Así se habla!

Erik no aceptaba un no por respuesta y pensaba, o mejor dicho sentía, que todo el mundo tenía que estar a su disposición las veinticuatro horas del día. Por y para su propio interés. Así era el periodista gastronómico más amado y odiado del sector. Así era *La bestia*.

El taxi paró en la Avenida de Suffren a las diez y cinco, justo enfrente de la parada de autobús donde habían quedado. Daniel se bajó con una mochila en una mano y en la otra un trípode. Erik estaba de pié en la misma parada, vestido con un traje azul claro y una pajarita también azul pero con puntitos blancos. Nada más verle, Daniel pensó que el bombazo en el vídeo sería la forma en que iba vestido Erik, más que el propio contenido periodístico.

—Llegas tarde.
—¿Me contactas hace solo una hora y te quejas por cinco minutos?. A qué me voy.
—¡Es broma, Dani! Anda vamos, que se nos va la buena luz.

Cruzaban el semáforo en dirección hacia la Torre Eiffel, que se podía disfrutar desde allí.

—¿A quién le vas a cortar el cuello hoy? —preguntó Daniel.
—Tranquilo —le guiñó un ojo Erik—, serás el primero en enterarte.

La bestia tenía la habilidad de hacer equipo y que se sintieran queridos y apreciados, a pesar de la forma natural de prepotencia que le salía por los cuatro costados. Si aceptabas su forma de ser y le servías para algo, Erik te cuidaba, te defendía a muerte y te ayudaba en todo lo que estuviera a su alcance.

Llegaron a una distancia adecuada para que el monumento de hierro se viera a la perfección a través del enfoque de la cámara. Daniel desplegó el trípode y enganchó la cámara. Estaba nublado a esa hora de la mañana y la iluminación era idónea, ya que el sol solía hacer reflejos que molestaban al grabar y editar.

—¿Preparado? —dijo Daniel.
—Siempre. Dame una señal cuando le des al botoncito.
—Uno, dos, tres, ¡grabando!

"Muy buenos días, te saluda Erik Fischer. Hoy tengo para ofrecerte una noticia que no te dejará indiferente. Y mucho menos a los que trabajamos día a día en el sector más apasionante del mundo, como es la gastronomía y la restauración.

¿Conoces el restaurante Mo que se encuentra en Roma, en Piazza della Rotonda? El chef principal es Gerónimo Giordano, galardonado con dos estrellas por la Guía Gastronómica ZETA.

Mis fuentes me han asegurado que la reconocida internacionalmente sumiller Verónica García y el jefe de cocina Antonio Greco, discutieron con el chef y propietario del establecimiento. Tras ello, renunciaron a sus respectivos puestos".

Daniel veía a través de la cámara cómo su jefe disfrutaba con la noticia que estaba dando. Cuando esto ocurría, el vídeo se grababa sin interrupciones ni repeticiones y la edición sería sencilla. También observaba que la forma de hablar y de gesticular de Erik frente a la cámara formaban un equilibrio perfecto, donde la sensualidad mezclada con elegancia representaba la punta de lanza y uno de los secretos de su éxito.

Erik seguía sin pausas:

"Quiero recordar que La Guía Gastronómica ZETA, no sólo valora la comida de autor, la decoración, el servicio y las emociones que se viven dentro del establecimiento. También se valora el trabajo en equipo y la plantilla del negocio. Si alguien se va, lo que se ofrece y la forma en que se ofrece, cambia. Así de sencillo. Por esta razón, el responsable debe comunicarlo por escrito a la Guía inmediatamente, donde se decide si continúa con el reconocimiento, o por el contrario, se lo quitan.

En este caso, de los tres componentes principales, dos de ellos ya no forman parte. Esto significa que hay muchas posibilidades de que el reconocido restaurante romano pierda, en breve, las deseadas estrellas, por lo que sufrirá un menoscabo en su prestigio. Se quitará de las listas de restaurantes galardonados y su facturación podría disminuir en al menos un 40% los próximos meses."

Siempre al final de cada noticia, alababa a la Guía o a la revista, que de alguna forma le daban de comer:

"Con esto, me gustaría destacar que la Guía Gastronómica ZETA, realiza un trabajo exigente y profesional para seleccionar la mejor gastronomía y los mejores restaurantes. Ningún detalle puede fallar si se quiere formar parte del Olimpo de la gastronomía internacional. En este caso, considero que es un fallo grave perder gran parte del equipo que llevó, a este establecimiento, a ser uno de los mejores restaurantes de Italia y del mundo.

Si te ha gustado esta información del mundo gastronómico, te pido que le des a me gusta y lo compartas en tus redes. Hasta el próximo vídeo, te saluda Erik Fischer".

Hizo una señal para avisarle al cámara que había finalizado. Con el mismo tono y velocidad que realizó el vídeo, le dio las últimas instrucciones:

—No es necesario editarlo ni cortarlo. Va tal cual. Así que no hace falta que yo esté presente.
—Perfecto. ¿Algo a tener en cuenta? —dijo Daniel.
—Coloca la entradilla habitual y añade subtítulos en italiano.
—¿Lo traduzco con Google?
—Si, claro. Cuando lo hayas subido a las redes, me envías un mensaje con los links. No te olvides de colocar palabras claves y títulos en francés, italiano, inglés y español.

—¿No prefieres que realice un vídeo por cada idioma y subtítulo? Porque si mezclo en un mismo vídeo los idiomas, será un desastre.

—Tienes razón, pero te llevará mucho tiempo —le respondió Erik.

—Puedo comenzar con francés sin subtítulos y luego sigo con el italiano y el resto. Me llevará un par de horas todo el trabajo.

—Muy bien. Me gusta trabajar contigo.

—Ya te pasaré la factura. Y una cosa más, Erik, si puede ser.

—Sé a lo que te refieres. Te he colocado de ayudante de cámara en esa película que me dijiste. Anne te llamará en estos días; es la responsable de producción.

—¡Tío, eres un máquina! ¿Vamos luego al sitio de las modelos?

—Imposible, Dani, me ha surgido una comida de trabajo. La semana que viene tengo que ir a cenar a un restaurante con estrella, te vienes conmigo.

—Como no me lleves, te borro todos los vídeos de YouTube.

—Hecho, chantajista. Cuídate y dime algo en un rato.

—Vale —respondió Dani mientras se colocaba bien la mochila y cogía el trípode, dirigiéndose hacia la parada de autobús.

En tan sólo una hora, el vídeo tuvo miles de reproducciones; cuando alcanzó las doce horas, rozaba el millón de personas que daban me gusta, realizaban comentarios y lo compartían. La noticia había corrido como la pólvora y los medios de comunicación se hacían eco de la tremenda noticia del mítico restaurante Mo de Roma.

Al día siguiente, a las nueve de la mañana en punto sonó el teléfono. Era Susanne:

—¿Cómo está mi gatita?

—¿Estás loco Erik?

—Un poco ¿Por qué?

—No te hagas el gracioso ahora. Me ha llamado Gregorio Giordano en persona.

—¿De verdad? Debe estar un poco nervioso.

—Nervioso vas a estar tú cuando te cuente lo que me dijo.

—Soy todo oídos —dijo Erik inquieto. El tono de Susanne era duro.

—Se reunió de nuevo con la sumiller y su jefe de cocina, llegaron a un acuerdo e hicieron las paces. Gregorio les ofreció un porcentaje de la sociedad, con el correspondiente reparto de beneficios a fin de año y ellos aceptaron. Y tan amigos como siempre.

Susanne escuchó un silencio del otro lado del teléfono.

—¿Sigues ahí, Erik? Porque aún no te he dicho todo.

—Dime.

—Sabe perfectamente que te di la noticia.

—Ahá.

—Exige que elimines todo el contenido y que además realices un vídeo pidiendo disculpas por difundir un bulo. Si no lo haces en veinticuatro horas, nos demandará.

—No le hagas caso, se le pasará el enfado y lo entenderá.

—Te digo que no: se ha asesorado con un equipo de abogados. Mañana mismo viene a París para reunirse con Alexander para presentar una queja formal de lo sucedido. Ya están citados a las once de la mañana.

—Siento mucho lo que ha pasado, pero ya me conoces Susanne. No puedo hacer lo que me pides. A lo sumo, puedo borrar el contenido, pero no puedo grabar una disculpa. Supondría un golpe bajo en mi carrera profesional porque mi credibilidad se vería afectada. Que demande si quiere, la libertad de expresión es sagrada.

—Erik, esto no solo te implica a ti. Ha despedido de forma fulminante y sin indemnización a mi fuente y también me quiere demandar a mí. Y por si fuera poco, Alexander sabes que no se anda con chiquitas. No sé qué va a hacer en este tema.

—Eres su preferida, seguro que te ampara —le animó Erik.

Oyó suspirar con fastidio a Susanne.

—Erik, te lo advertí. Te avisé que esperaras un poco y sin decirme nada, subes un vídeo. Si hubieras escrito un artículo, como me habías dicho, el impacto hubiera sido mucho menor.

—Susanne, escucha…

—Esta vez te has pasado —le interrumpió—. Tienes que pedir disculpas. Si no lo haces, no te pasaré más información.

Susanne colgó el teléfono sin despedirse.

Erik sintió impotencia mezclada con ira. Acostumbrado a llevar el ritmo y la velocidad de su entorno, tuvo que reconocerse que había cometido un error con un posible coste alto. Se metió en su cuenta de YouTube, y borró el vídeo que superaba ya el millón y medio de visualizaciones. Hizo lo mismo con el resto de plataformas.

Se sirvió un whisky con hielo, su bebida favorita cuando necesitaba pensar y analizar en profundidad y se sentó en el sofá del salón. Un sofá de cuero marrón oscuro sobre una alfombra hecha a mano en tonos claros. El silencio era absoluto. Desbloqueó el teléfono y marcó un número. "Estoy vendiendo mi alma al diablo. Este es el precio que tendré que pagar para que mi imagen siga intacta", pensó.

Del otro lado del teléfono se escuchó una voz grave que decía:

—Hola Erik ¿qué tal estás? ¿A qué se debe tu llamada?

—Quería preguntarte si esta noche estás en tu casa.

—Acabo de llegar a Toulouse, estaré de regreso en París tipo siete, pero tendré que pasarme antes por la oficina. Calculo que a las nueve llegaré a casa.

—Perfecto, me paso sobre las diez para hacerte una visita. ¿Prefieres un champagne prestige cuvée o un blanc de noirs?

—Prestige cuvée. Por supuesto.

—Lo pongo ahora mismo en la nevera.

—Yo prepararé mis mejores copas para la ocasión.

XIII
Interés compuesto

Erik estacionó justo en frente del portal. Bajó de su descapotable Mercedes llevando en la mano un cava prestige cuvée casi helado. Vestía informal. Traje y camisa sin corbata. Estaba nublado y la temperatura era de aproximadamente quince grados. Percibió olor a lluvia. Abrió nuevamente la puerta del coche, cogió una gabardina de color marrón y la colgó en el antebrazo izquierdo. Cruzó la calle y tocó el timbre del cuarto piso de la calle Rue Alivert, del barrio del Canal de Saint-Martin. Un barrio exclusivo al noreste de la ciudad, que bordea el canal donde se encuentran los puentes peatonales construidos en el siglo XIX.

Erik escuchó el típico ruido de apertura y empujó la puerta del edificio. Subió al ascensor. Hizo su típica mueca al espejo para visualizar la perfección de sus dientes y que todo fuera bien dentro de su boca y presionó el botón con el número cuatro. Al llegar a la cuarta planta, salió del ascensor y visualizó la puerta entreabierta del piso. Se acercó a ella y la abrió despacio. Sentía tensión en todo su cuerpo. Por nada en el mundo quería estar allí.

—Buenas noches Erik. Te estaba esperando. Entra por favor.

Erik descubrió a un hombre gordo que acababa de salir de la ducha. Estaba vestido con una bata de color negro satinada que le llegaba hasta por debajo de las rodillas y se sujetaba cerrada gracias al cinto que le rodeaba la barriga. Su cara tenía un extraño gesto de deseo y perversión.

Con una sonrisa de nerviosismo, *La bestia* dejó el champagne sobre una mesa que estaba en el recibidor de la vivienda, se acercó al oso y lo besó en los labios suavemente. Erik sintió que se le revolvía el estómago y le temblaban las piernas. Una reacción habitual que aparecía cuando lo hacía con personas del mismo sexo. Pero rápidamente pensó: "Esto forma parte de mi profesión. Si quiero ser el mejor, tengo que pasar por este tipo de situaciones."

La bestia se arrodilló frente al oso. Alexander, con mariposas en su estómago, cerró la puerta con su mano derecha sin realizar ningún movimiento corporal que cortara aquella sorpresiva y excitante escena.

Hora y media más tarde, conversaban los dos:

—¿No te parece que el champagne está un poco caliente?

—Lo he traído bastante frío, pero con las prisas lo dejé sobre la mesa de la entrada y no lo metimos en la nevera. Aunque han pasado ya casi dos horas desde que llegué, aún se mantiene fresco.

—Si, pero no lo suficientemente frío. —comentó Alexander con un gesto de burla—. Sabes que debe estar, como máximo a ocho grados y está por lo menos a doce. Incluso me gusta más si está a cinco grados.

—Estoy seguro que si metiera un termómetro, marcaría doce grados exactos.

—No des rodeos ni me hagas la pelota Erik. Dime que necesitas de mí. Hace mucho tiempo que no te pasas a hacerme una visita y de repente te entran las ganas.

—Es por el tema de Gerónimo Giordano, del restaurante Mo de Roma.

—Ya sabía que ibas a aparecer en cualquier momento y me estaba preparando para la ocasión —le contestó Alexander entre risas mezcladas con gesto de deseo. —He quedado con Gerónimo mañana en mi despacho. Está muy cabreado contigo y con Susanne. Dice que os va a demandar a los dos. Tiene pruebas suficientes para ganar un juicio por decir y publicar información privada y noticias falsas que han destrozado su propia imagen profesional.

—He borrado el vídeo. ¿Qué más quiere?

—Quiere que pidas disculpas públicamente a través del mismo canal que publicaste el famoso vídeo y que despida a Susanne de la empresa.

—¿En serio?

—Si.

—Te pido por favor que pares esto.

Erik, siempre estás al límite de lo permitido y siempre alguien te tiene que salvar el culo. Nunca mejor dicho. Además pensaba que con el Mercedes Benz descapotable que te regalé el año pasado, te cuidarías de meterte en este tipo de líos. Así habíamos quedado.

—Alexander, te ruego que nos salves a Susanne y a mi. Por ese orden.

—Susanne se va a librar porque es imprescindible en la empresa. Aunque se merece que la despidiera porque no puede darte información privada y profesional a cambio de sexo.

—Perdona, pero Susanne y yo tenemos una relación mucho más allá de eso.

—Claro, claro —respondió divertido Alexander—. En fin, es un tema que no quiero entrar a valorar ni juzgar. Mañana tengo que resolver un problema grave que habéis generado vosotros. Como os demande, saldrá a la prensa nacional e internacional y salpicará también a la Guía y por supuesto a mí.

—¿Tienes algún plan?

—Por supuesto, Erick. Mañana lo primero que le diré es que el vídeo está borrado y que se olvide del tema. También le comunicaré que el mes que viene iré yo personalmente a cenar a su restaurante, como si fuera un inspector más y le prometeré las tres estrellas. Además saldrá en la publicación de la revista del mes de enero, como restaurante revelación en Roma que ganó su tercera estrella. Por cierto, el reportaje lo harás tú mismo. Así que ya sabes lo que tienes que hacer.

—Eres el mejor estratega que conozco —dijo Erik aliviado—, ¿vamos a la habitación nuevamente?

—Cariño, coges tu gabardina, subes a tu lujoso coche conseguido con mucho esfuerzo y te marchas a tu casa o donde tu quieras. Mañana será un día duro para mí y necesito descansar. Por cierto, no dejes pasar tanto tiempo en venir a visitarme.

—Gracias, Alexander.

Se pusieron de pie a la vez mirándose a los ojos con una sonrisa cómplice. El simple deseo y el amor verdadero en muchos casos van por caminos paralelos sin tocarse. Erik salió por la puerta y decidió bajar por las escaleras, como una forma de liberación física. Salió del edificio, cruzó la calle y entró en su descapotable. Ya había comenzado a llover y no se veía a nadie por las calles de aquel lujoso barrio parisino. Sentía una felicidad absoluta. Encendió el coche y salió hacia la avenida Parmentier mientras hacía una llamada desde su móvil.

—Hola cariño, ¿qué tal estás?

—Preocupada y muy molesta contigo.

—Pues deja de preocuparte, Susanne. Está todo resuelto.

—¿Te vas a disculpar?

—Mejor. He hablado con Alexander y lo va a solucionar él mismo.

—Erik, eso sería estupendo.

—Duerme tranquila, mañana a esta hora este asunto estará arreglado.

XIV
Primer encuentro

Una mañana, alrededor de las nueve, mientras preparaba la cocina para la comida del mediodía, sonó el móvil de André:

—Buenos días ¿André Durand?

—Si, soy yo

—Me presento. Mi nombre es Alexander Keller. Soy el director de la Guía Gastronómica ZETA. El motivo de este llamado es porque me gustaría tener una reunión con usted. Primero para presentarme y luego hablar acerca del cambio de chef y de marca de su ahora nuevo establecimiento.

—Buenos días, señor Keller.

—Llámeme Alexander, por favor.

—Ok, Alexander. Esperaba su llamada.

—¿Le parece si me paso el lunes de la semana que viene por su restaurante a las once en punto de la mañana?

—Perfecto.

Al colgar, André sintió en el pecho una presión seguida de angustia y dolor. Era el primer reto de su nueva vida como empresario. El director de la Guía, venía a comunicarle que el restaurante perdería de forma inminente las tres estrellas.

Días de desasosiego llenaron la vida de André a la espera del lunes. Habían regresado los fantasmas de antes de la compra. Celine notó que la mirada de su media naranja había cambiado de forma radical. Una noche, se sentó en la cama y con una voz seria pero cariñosa, le realizó la pregunta para romper el hielo:

—¿Qué te sucede cariño? Llevas unos días abatido y me gustaría saber por qué. Formo parte de tu vida y tu de la mía y necesito saber qué te pasa.

Habituado a encerrarse en sí mismo con un candado y no hablar con nadie hasta que se le pasara el vacío, descubrió que la pregunta "¿Qué te sucede cariño?", llevaba consigo la llave mágica para abrir o descubrir cualquier detalle oculto que se escondía dentro de él. Sin rodeos le contó a su esposa la cita con Alexander Keller, y luego añadió:

—Esto significa que tendremos que reestructurar el modelo de negocio y el personal, ya que disminuirá considerablemente la facturación y el estatus. Vienen tiempos difíciles y esto me hace sentir vulnerable.

—No te preocupes, prepararemos la reunión e intentaremos llegar a un acuerdo con el director. ¿Te parece?

—De acuerdo.

—Tienes que pensar una cosa: eres uno de los mejores chef del mundo. Posees una creatividad innata para crear sabores y platos que cautivan a cualquier ser humano. No tienes límites en tu profesión y ahora somos un equipo. Nos adaptaremos a los nuevos tiempos y realizaré un plan estratégico para potenciar el hotel, sin tener que disminuir la estructura del restaurante, hasta que consigas el galardón que te mereces.

Al apagar la luz de la habitación, André se sentía tranquilo y seguro, gracias a las palabras de su mujer. Pero de repente le invadió un escalofrío en todo su cuerpo, debido al terror que le generaba caer en el abismo de la quiebra económica y las deudas. En ese preciso momento sintió que moría y se fusionaba con el universo.

Aquella tranquilidad y silencio infinito hicieron que se relajara y conciliara un profundo sueño.

El lunes a las once de la mañana, entraba por la puerta principal una persona de aproximadamente metro ochenta con sobrepeso. Tenía una americana azul abotonada pero le quedaba de tal forma, que parecía que el emparejamiento de aquel ojal no se correspondía con aquel botón. En resumen, dicha chaqueta parecía mal confeccionada o simplemente le quedaba mal.

En su mano derecha llevaba un maletín de cuero negro y sus piernas mientras caminaba, presentaban una unión de rodillas para arriba y una separación de rodillas para abajo. Este detalle generaba un andar forzado, que intentaba equilibrar con la pendulación de su brazo unido al maletín.

Celine salió de la recepción para recibirlo. Todo indicaba que era él.

—Bienvenido al hotel-restaurante André Durand. Mi nombre es Celine Roux y soy la directora general.
—Buenos días y gracias. Quería hablar con el señor Durand. Mi nombre es Alexander Keller y soy el director de la Guía Gastronómica ZETA.
El señor Durand ahora mismo está en la cocina realizando los preparativos para dar el servicio de la comida. ¿Desea que vayamos juntos a la cocina?
—Perfecto. Vamos.

Alexander tenía un trato cordial con Celine, aunque cuando hablaba con ella no le miraba directamente a los ojos. Salvo con las mujeres que trabajaban en la Guía, Alexander mantenía esta postura de indiferencia y distancia con el resto de las mujeres. Era como si fueran de otra raza o de otro planeta. No les importaba en absoluto.

Atravesaron el salón comedor, mientras el director observaba con detenimiento la decoración general y los detalles de la sala. El ventanal y el deslumbrante jardín, la increíble chimenea en la parte central, los cuadros y las paredes en perfecta sintonía, la antigüedad del suelo en equilibrio con el material de las mesas y sillas. Justo antes de llegar a la cocina, sintió que ese sitio tenía alma. A pesar de que aún estaba vacío, Alexander descubrió vida propia en aquel edificio antiguo restaurado.

Llegaron a la cocina y se encontraron a André muy concentrado enseñando a tres cocineros el proceso de esferificación, para crear caviar de manzana. Parecía un proceso sencillo, pero tenía el punto de distinción del chef. Un ingrediente secreto o un proceso específico que llevara su marca personal: la base de la alta cocina de autor.

En cuanto André se dio cuenta de la presencia de ambos asomados a la puerta, dejó la explicación, ordenó que siguieran con la preparación del plato y acto seguido se acercó a saludar. Se notaba un rastro de sudor en la calva del chef y la cara desencajada por la tensión que soportaba.

Se saludaron con un apretón de manos y se dirigieron los tres a la oficina de André. Una vez allí, se sentaron en una pequeña mesa redonda de roble que se encontraba junto a la ventana. Desde allí, se podían ver parte de las casas del pueblo. Celine mantenía una postura física firme, como parte del equipo ejecutivo de la empresa, a pesar de sentirse ignorada por el director. André parecía desaparecido. Comenzó a hablar el director de la Guía:

—Me alegra mucho conocerte, André. Antes de ser director general, yo era un inspector que solía trabajar con los restaurantes de una a dos estrellas. Por este motivo nunca vine a este restaurante. Sabía de tu existencia como una referencia gastronómica a la sombra de tu jefe, que en cualquier momento se esperaba tu expansión en solitario. Aunque nunca imaginé que sería de esta forma, como empresario de un hotel restaurante de estas características. Los chefs suelen comenzar con un restaurante de comida de autor. Eres alguien que no se arredra ante los desafíos, y te admiro por ello.

La cara de André se relajó ante estas palabras y recobró su postura habitual. Celine sonreía con orgullo. Después de todo, ella se sentía y era su mano derecha y su muro de contención personal y profesional. Además de su amiga, amante y mujer. Alexander prosiguió:

—El motivo por el que estoy aquí es para conocerte, por supuesto, y porque tengo que comunicarte que deberás comenzar de cero con el reconocimiento que otorga la Guía a la cual represento y dirijo. Me encantaría conocerte más en profundidad a ti y a tu cocina y seguir otorgándote un reconocimiento que seguro te mereces, ya que desde hace muchos años has sido el jefe de cocina y autor de muchos de los platos de este reconocido establecimiento. Soy consciente de ello. Pero las normas de la Guía son estrictas en este caso.

—Entiendo las normas y las respeto —respondió André—. Junto a mi directora general, hemos elaborado un plan estratégico integral y hemos decidido luchar por mi reconocimiento profesional. No modificaremos la estructura actual y seguiré creando innovación gastronómica para estar a la altura de las circunstancias.

—Me alegra mucho escuchar estas palabras. Las tendremos muy en cuenta para el próximo año.

Celine no intervenía porque había comprendido a la perfección que era la mejor estrategia en este momento y en relación a Alexander: cualquier comentario que dijera, no sería tomado en cuenta e incluso podría perjudicar al desarrollo de la reunión. Era inteligente y lista hasta para callar en el momento adecuado. Aunque eso sí, se moría por tener la iniciativa de aquella conversación, que representaba el futuro del negocio.

A las trece horas en punto, André y Alexander se dirigieron al salón para comer y probar la innovación gastronómica del chef, que hasta ese preciso momento aún disponía de tres estrellas. Se sentaron en una mesa junto al ventanal. Celine decidió no participar y se dirigió a su oficina.

Los camareros de sala trajeron para ambos comensales, un menú degustación que André había diseñado y comenzaban a ofrecer. La charla era amena. André comentaba anécdotas acerca del propio establecimiento y de qué forma le otorgaron las tres estrellas, cuando él acababa de llegar como aprendiz. En el momento que llegó el postre, Alexander cambió radicalmente el hilo de la conversación. Como si tuviera los tiempos milimétricamente calculados:

—¿Sabes que la Guía acaba de sacar una distinción especial para restaurantes de cocina de autor? Está pensado para aquellos establecimientos de alta cocina que no disponen de estrellas, pero que tienen muchas posibilidades de conseguirla.

—Lo desconocía —dijo André con cierta curiosidad e interés.

—Además, también acabamos de sacar al mercado un sistema de reservas online, para que los clientes puedan reservar una mesa de un restaurante de una, dos y tres estrellas. También está, dentro de la central de reservas, la categoría de restaurantes de autor, ya que nuestro objetivo no es solo la difusión, queremos potenciar las ventas de los establecimientos. Desde la Guía nos encargaremos de promocionar de forma permanente esta central de reservas a nivel internacional y en diferentes idiomas. Esto significa que un establecimiento reconocido por La Guía, tendrá un porcentaje de clientes que provengan directamente de nuestro sitio. ¿Qué te parece André?.

—Una excelente idea, Alexander.

—También aprovecho para comunicarte que, a pesar de que perderás las tres estrellas, no comenzarás de cero, sino que a partir de hoy, tendrás el reconocimiento oficial de restaurante de autor.

—Muchas gracias.

—No hay por qué darlas, ¡haces un trabajo fantástico! Esta semana se pondrá en contacto contigo un informático para conectar tu central de reservas con la nuestra. No habrá cuota mensual ni anual; tan solo las reservas que vengan de parte de la Guía, el establecimiento deberá abonar, a fin de mes, el treinta por ciento del ticket medio por persona, en concepto de promoción y venta.

André palideció. Le costaba digerir lo que escuchaba. Necesitaba urgentemente la presencia de Celine para tranquilizarle y que le reemplazara en aquella reunión sin sentido. Alcanzó a decir con cierta dificultad:

—Perdona Alexander, pero me parece un poco exagerado un treinta por ciento de ticket medio de beneficio directo. Un restaurante de estas características suele tener una rentabilidad muy baja, debido al gasto de personal y la estructura del negocio. En muchos casos, nuestro propio beneficio no llega ni al cinco por ciento y ¿me pides un treinta? Además, no sé qué seguridad de protección de datos tendremos con esta conexión directa a vuestra plataforma de venta online.

—Hemos realizado un plan financiero y ese es el porcentaje que necesitamos para mantener nuestra propia infraestructura online. No te preocupes por la protección de datos, porque la conexión será sólo a la parte de reserva de día y mesa. La necesitamos para saber si está lleno y qué mesa quedaría libre. Es una simple automatización de procesos. También necesitaríamos la información del número de comensales mensuales que reservan en cada sitio a través de nuestra plataforma. Nada más que eso.

—¿Y si no quiero formar parte de esta lista?

—Estás en tu derecho, André. Solo tienes que tener en cuenta que no conseguirás clientes de forma directa y a nivel internacional a través nuestro. Por otro lado, al estar fuera del sistema, es posible que no podamos enviarte un inspector al año, para valorar un posible galardón mayor. O lo que es lo mismo, tendrás pocas posibilidades o ninguna de disponer en un futuro de una, dos o tres estrellas. Qué son las que te mereces, ya que la comida ha sido maravillosa. Por cierto, se me olvidaba preguntarte si quieres también ser patrocinador de la Guía. Desde diez mil euros al año, puedes patrocinar la edición online y también la propia central de reservas para tener más visibilidad. O incluso en los eventos que realizamos cada año. ¿Te interesaría?

—Tengo que pensarlo.

—Quiero que comprendas una cosa André. Hace casi un año que me nombraron director general de la Guía. Nada más entrar, descubrí la mala gestión anterior y las pérdidas millonarias. Tenemos una deuda de más de cincuenta millones de euros y tengo que sanear la empresa.

—Por lo que veo, quieres sanearla a costa nuestra.

—Considero que somos una familia y llevo muchos años en este maravilloso sector. Soy consciente que el esfuerzo que hacéis cada día es tremendo, pero nos necesitamos unos a otros. Gracias a vosotros nosotros existimos y gracias a nosotros, vosotros sois cada vez más reconocidos.

—Eso es cierto —concedió André, mirando hacia la mesa.

—Si un restaurante no está conectado a nuestra central de reservas y/o en alguno de nuestros patrocinios, tendrá posibilidades de conseguir estrellas, pero habrá menos oportunidades de que le podamos enviar un inspector. Pondremos todos los recursos a los establecimientos que quieran y desean formar parte de esta gran familia donde ganamos todos.

—¿Ganamos todos?

—Sí, André. Tengo un plan estratégico diseñado y en ejecución, donde se potenciará aún más la visibilidad de los establecimientos gastronómicos. Pero seguiremos con la misma profesionalidad y exigencia a la hora de otorgar los galardones. Si un chef no se lo merece no se lo daremos, aunque sea un patrocinador. Te lo aseguro.

—¿Cómo lo vais a hacer?

—Pondremos de moda la alta cocina a nivel internacional. Sobre todo en Asia.

—¿Qué me quieres decir?

—Que si ahora tienes un sesenta por ciento de ocupación media, en unos pocos años, tendrás el cien por cien reservado a dos o tres meses vista. Significa que si una persona quiere comer en tu restaurante, tendrá que esperar por lo menos ese tiempo. Además, el cliente deberá pagar por adelantado.

XV
Arte Gastronómico

André se detuvo en la dirección que le había dicho Celine. Un portón de madera integrado en un muro de piedra de aproximadamente tres metros de alto. A un costado colgaba una campana pequeña. André zarandeó la cadena, generando un sonido que le entró por los oídos y le llegó hasta el centro del cerebro y esperó. Se sintió un poco ridículo. Aún seguía sintiendo el sonido de la campana en su interior, pero en este caso en forma de pitido, cuando de repente, se abrió el portón.

—Buenos días, me imagino que eres André.
—Y tu Bastien.
—Encantado de conocerte, André. Celine no para de hablar de ti y me alegra mucho que estéis bien. Pasa y bienvenido a mi casa.

Tez morena, alto, delgado y fibroso. Pelo canoso cortado a máquina y barba de cuatro días. Camiseta negra y pantalón corto vaquero. Estaba descalzo. En su mano derecha sostenía un cincel.

Un jardín lleno de árboles y de esculturas de diferentes tamaños, respetaban un camino de piedra semienterrada de unos cincuenta metros de largo, que finalizaba en lo que parecía una casa de color blanco.

—Sabes, tengo amigos cocineros que trabajan o tienen restaurantes de alto nivel, pero es la primera vez que estoy frente a un chef. Un artista gastronómico.

André guardaba silencio mientras caminaba concentrado en no tropezar con alguna piedra mal puesta en el camino. Bastien se detuvo de repente.

—¿Ves esa escultura que está debajo de ese árbol? —dijo.

—¿El toro de piedra?

—Si. Esa escultura recibió un premio en la exposición Fluctuart de París.

—Me encanta. ¿Por qué tallaste un toro?

—Bueno, además de parecerme un animal salvaje y a la vez frágil y sensible, como yo, muchas de mis obras están inspiradas en España; mi padre fue un pintor malagueño que con veinte años se vino a París. Falleció cuando yo era muy pequeño, pero tengo vagos recuerdos de él. Reconozco que heredé su amor por el arte.

—¿Por qué solo tiene un cuerno?

—La cornamenta le confiere el carácter ofensivo al animal y le dota de pureza e integridad. Por otro lado, los griegos adoraban al toro como encarnación de un dios. Hace unos cinco años, cuando comencé a esculpirlo, estaba pasando una mala racha en mi vida. Al finalizar la obra, decidí arrancarle un asta, como representación de un dios o un ser imperfecto. Como yo, como la vida misma.

André se quedó inmóvil, digiriendo las palabras de Bastien.

—Veo que creas a través de la inspiración de tus raíces y lo que sientes en ese momento.

—Por supuesto. En muchos casos también me dejo llevar por sentimientos muy profundos, que me llevan a crear una pieza u obra imposible de comprender a simple vista, pero al verla finalizada, puedo visualizar como estoy realmente por dentro. Sólo yo puedo entenderla y sentirla. Sin embargo a la gente le despierta un sentimiento profundo y a la vez incomprendido. Cuando eso ocurre, puedo venderla al precio que me dé la gana, ya que el cliente le pone un valor incalculable a una obra que le despierta sentimientos aún por descubrir.

—¿Crees que tiene relación con la gastronomía?

—Claro. Para mí, la gastronomía es la esencia del arte. Además en este momento, estamos viviendo una auténtica explosión de creatividad culinaria a nivel internacional. Por fin.

—¿Por fin?

—Si. Siempre pensé que el arte estaba muy ligado a la cocina. Para mí la combinación de ingredientes para generar nuevos sabores, texturas o incluso aromas, abre caminos infinitos aún por descubrir.

Llegaron a la casa, que a simple vista parecía una mini nave empresarial. Una estructura rectangular con paredes lisas y altas con ventanas muy grandes y techos de madera. Al entrar, André se percató que se trataba de un loft de aproximadamente unos doscientos metros cuadrados. En realidad estaba frente a un taller de arte. La luz provenía de los ventanales principales y de dos claraboyas en el techo. Tres mesas de madera de grandes dimensiones, soportaban diferentes piezas de diferentes tamaños, mezcladas con herramientas. Otras obras se apoyaban en el suelo. Un torno al lado de una impresora 3D a un metro de una cama, conformaban la vivienda de Bastien.

—¿Puedes vivir con tanto polvo a tu alrededor? —se sorprendió André.
—Polvo somos y en polvo nos convertiremos —contestó Bastien entre risas.
—También es cierto.
—Coge esta manzana André —Bastien se la arrojó suavemente.
—¿Qué pasa con ella?
—¿Qué te provoca? ¿Qué relación tienes con ella?
—Ahora mismo es una simple manzana.
—Pues tienes que aprender a comprender un producto. A comunicarte con él. A sentir lo que genera en ti. La gente común ve una simple manzana y un chef la conceptualiza y visualiza diferentes caminos para llegar a diferentes formas, texturas, gustos y sentimientos. Ahora mismo puedo coger una navaja y tallar una silueta de mujer en la propia manzana, simbolizando la tentación. Incluso mañana puedo despertarme vacío y tallar una serpiente, como símbolo de la debilidad del hombre. ¿Me comprendes, André?
—Por supuesto. La mayoría de mis creaciones las realizo cuando me siento vacío por dentro.

—Veo que nos vamos entendiendo. También tienes que aprender a crear cuando sientas que el pecho se te sale debido a la emoción.

—Cuando me ocurre eso, genero presentaciones de platos.

Bastien comenzó a reírse a carcajadas. André simplemente sonrió.

—Yo he creado el toro sin un cuerno de piedra y es posible que dure cientos o miles de años. No lo sé. Es posible que dure más tiempo que la propia humanidad. Pero mi objetivo es que esta obra provoque un recuerdo emocional en alguien y que la recuerde hasta que se muera. Me da igual que el toro dure mil años. Solo me importa el sentimiento que pudiera generar, aunque sea en una sola persona. Tu puedes crear un plato que al degustarlo provoque y genere un sentimiento y un recuerdo emocional en el cliente y que éste lo recuerde toda su vida. Aquí radica la esencia del arte. Como ves, no hay diferencia entre tu y yo, André.

—La verdad es que nunca tuve en cuenta el generar recuerdos emocionales a través de los platos que realizo. Para mí la emoción la relaciono con el trato cercano con el cliente y el ambiente que se respira en el comedor. Estoy comenzando a trabajar con platos que generen sentimientos puntuales, pero no pensaba en los sentimientos que pudieran generar a largo plazo.

—Sé perfectamente lo que estás diciendo. Te voy a enseñar un experimento que he hecho con fruta para que se comprenda mejor.

—¿Trabajas también con productos de consumo?

—Hago experimentos con todo tipo de productos y materiales. Mira, esto es una máquina al vacío. Dame la manzana.

Bastien cortó y peló un trozo de la manzana. La colocó en el interior de una bolsa para hacer vacío, que se encontraba junto a la máquina y le añadió un poco de agua.

—¿Agua dentro de la bolsa para hacer vacío? —preguntó André con cara de asombro.

—Sí. Cuando hagamos vacío, las partículas de agua se colocarán a presión entre los espacios superficiales de la fruta.

—¿Qué quieres lograr con esto?

—Simplemente crear una textura nueva en la fruta. Nada más que eso.

Al finalizar el proceso de vacío, Bastien abrió la bolsa, cogió el trozo de manzana y se lo dio a André.

—¿Qué ves? ¿Qué sientes?—le preguntó al chef.

—Tiene una superficie casi gelatinosa.

—Muy bien. Ahora come un trozo y dime si mientras muerdes, tu boca percibe una textura suave, para luego convertirse en una textura crujiente.

André saboreó con curiosidad el trozo.

—Es increíble. Es una experiencia que nunca la había vivido

—¿Qué gusto tiene?

—Simplemente a manzana.

—¿El proceso le ha modificado el gusto?

—No. Solo ha cambiado la textura y lo que me provoca al comerla.

—Ahora cierra los ojos y dime qué sentimientos has tenido al comerla.

—Provocación, transgresión, ironía, magia, juego y sorpresa.

—¿Lo que has sentido lo vas a recordar mucho tiempo?

—Lo recordaré siempre, Bastien.

—Por hoy hemos terminado, André. Ahora ve a tu cocina e intenta combinar la ciencia, la filosofía, la cultura, el deseo, la ira y hasta la lujuria con ingredientes básicos y genera recuerdos inmortales a aquellos mortales que lo prueben.

—Así lo haré. ¿Puedo hacerte una última pregunta?

—Claro.

—Para ti ¿cómo sería la esencia, desde el punto de vista del arte, a la hora de realizar la presentación de un plato?

—Esa es una pregunta compleja de responder y sobre todo de comprender.

—Me lo imaginaba.

—Te lo puedo explicar desde el punto de vista de la entropía y el equilibrio. ¿Sabes qué es la entropía André?

—Más o menos.

—La entropía es el desorden molecular de un sistema. El universo, con sus galaxias, sus planetas y estrellas, está en permanente movimiento, aunque no lo percibamos. Sin embargo existe una fuerza contraria que genera equilibrio; de lo contrario, todo estallaría en menos de un segundo. Todo el tiempo las moléculas o en este caso el universo, contando con nuestro planeta y todo lo que lo conforma, se están atrayendo y repeliendo a la vez. Un estado en equilibrio y desorden permanente a punto de saltar por los aires o a punto de comprimirse hasta desaparecer.

—Muy interesante.

—Si vemos con detenimiento una fotografía del espacio o del universo, podemos percibir este concepto, aunque sea sólo una simple imagen. Cuando creas un cuadro o la presentación de un plato, este concepto debes tenerlo muy en cuenta.

—¿Cómo?

—Debes crear un equilibrio a punto de estallar o dicho de otra manera, colocar o desarrollar cada ingrediente, color o forma en el sitio correcto para crear un desorden en equilibrio o un equilibrio en permanente desorden.

—Parece complejo.

—No tiene por qué. Puedes crear una presentación que combine de forma compleja diferentes formas y colores o simplemente realizar la composición de sólo dos productos, de tal forma que simplemente provoquen.

André, mientras escuchaba a Bastien, cerró los ojos y se imaginó algunos de sus platos presentados de otra forma. Incluso se percató de diferentes errores que estaba cometiendo, ya que se había centrado sólo en el equilibrio de las formas, sin contar con la entropía. Este pequeño detalle cambiaba el concepto de toda su presentación. Abrió los ojos, que en ese preciso momento tenían una luz especial.

—Ahora lo entiendo perfectamente.

—Me alegra mucho André.

Sin pronunciar palabra, los dos anduvieron por el camino de piedra hasta el portón principal. André caminaba en el aire. Bastién dejaba que su alumno fuera digiriendo toda la información sin interrumpirle. Habían pasado ya cerca de tres horas, desde que André había llegado.

—Te agradezco mucho que hayas compartido conmigo tu sabiduría.

—Te agradezco la pasión que has demostrado al escucharla. La semana que viene comienzo con la decoración de la casona de la abuela de Celine, que será vuestra próxima vivienda.

—Es verdad. Se me había olvidado. ¿Vas a crear una entropía en equilibrio?

—Por supuesto.

El coche se alejó. El sol se reflejaba a través del río Ródano, creando un paisaje deslumbrante. Sin embargo, André no se percató de ello. Intentaba contener una emoción capaz de atravesar un muro de hormigón, como si fuera una hoja de papel. Sentía que llevaba consigo la llave mágica que le permitiría ser inmortal en las mentes de los mortales.

XVI
Apertura mercado internacional

Alexander y Susanne se encontraban en el aeropuerto Charles de Gaulle de París con destino a Bangkok. El vuelo duraría casi doce horas, donde llegarían al aeropuerto de Suvarnabhumi sobre las cuatro de la tarde, hora local. Suficiente para descansar en el hotel, dar un paseo a última hora de la tarde por la capital tailandesa y degustar la gastronomía local. Al día siguiente, tendrían una reunión vital para que la Guía entrara en aquel país lleno de oportunidades. Esto representaría ingresos sustanciosos y un futuro de crecimiento y rentabilidad en ascenso.

Hacía ya un año que Alexander había asumido la responsabilidad de tomar las riendas de una empresa casi en quiebra. Doce meses después, la rentabilidad era evidente: el crecimiento alcanzaba el ciento cincuenta por ciento y los gastos habían disminuido considerablemente. Las fases del plan estratégico se aplicaban al milímetro y los resultados eran asombrosos.

Ahora tocaba abrir nuevas ciudades y países y la estrategia era simplemente agresiva. Antes, se ingresaba a un país casi pidiendo permiso y apoyos; hoy se entraba pidiendo dinero. Mucho dinero. Alexander tenía toda la estrategia y el discurso trabajado minuciosamente y Susanne le acompañaba para equilibrar fuerzas y efectividad al ataque. Eran como el yin y el yang. El director llevaba a cada viaje y reunión el libro "El arte de la guerra" de Sun Tzu. Lo releía cada noche antes de dormir y representaba un amuleto eficaz.

El vuelo se tornó pesado y aburrido. Realizar un viaje tan largo saliendo por la mañana, dejaba poco espacio para dormir, por lo que muchas veces se hacía casi insoportable. Susanne leía una revista, cuando Alexander rompió el hielo:

—¿Qué tipo de relación tienes con Erik?

—Somos colaboradores y amigos. —contestó Susanne sin quitar la vista en la página que estaba leyendo.

—Susanne, seamos serios y sobre todo claros ¿te parece?

—A veces nos acostamos, pero nada más. —seguía con la mirada en la misma página y con pequeños gestos de nerviosismo.

—No estoy de acuerdo; es mucho más que nada más. —dijo Alexander.

—Perdona, pero es mi intimidad y ahí no puedes entrar. —en este caso, cerró la revista y sin dejar de sujetarla, lo miró fijamente.

Alexander se rió.

—A ver Susanne, como comprenderás, con quien lo hagas o dejes de hacerlo es sólo asunto tuyo. Lo malo es cuando se mezcla la cama con el trabajo.

—Por supuesto, pero no es así.

—¿No tiene nada que ver entonces con lo que ha pasado con Giordano?

—Eso fue fallo de Erik, no mío. Solo se lo comenté de pasada y además le advertí que no lo difundiera.

—Es decir, una ejecutiva de la Guía le revela una primicia a *La bestia* y piensa que ¿se la va a guardar para él solito?

—Así es —respondió Susanne con seguridad.

—Y esa confianza la tienes porque otras veces le has pasado información y supo soltarla en el momento justo, ¿verdad? —aseveró triunfante Alexander.

Susanne se vio acorralada. No supo qué decir.

—Querida, ¿eres consciente de cómo te he tenido que defender ante Giordano hace solo unos días? Me pedía tu cabeza y con razón.

—Yo…

—Tu red de confidentes en nuestros asociados es de gran valor estratégico y más de una vez nos ha venido de perlas disponer de esa información privilegiada. Y entiendo que te ha costado años de esfuerzo y un montón de dinero.

—Así es.

—¿Y lo arriesgas todo por un polvo?

—Erik es único.

—No me cabe duda —sonrió Alexander—, pero has puesto en peligro a la empresa y a tu carrera profesional por un seductor.

—Lo sé. Tienes razón. No volverá a ocurrir —le dijo Susanne, mientras lo miraba con una mezcla de arrepentimiento y expectación.

Alexander percibió con claridad que estaba asustada, pendiente de reacción. Paladeó el momento: se alimentaba de estas situaciones, donde podía sentir lo que era tener poder sobre otra persona. Era algo mucho más agradable que el dinero, una comida de lujo o un vino excelente. Era sentirse simplemente vivo.

—Bien —dijo al fin—. Agradezco tu compromiso, Susanne. Sé que no volverás a fallarme.

—Gracias, Alexander —respondió aliviada Susanne.

—Y para corresponder a tu confianza, voy a contarte toda la historia.

—¿A qué te refieres? —se alarmó la ejecutiva.

—Reconozco que este asunto en un principio, me molestó mucho. La llamada furibunda de Giordano, las amenazas de demanda… Pero luego vino a mi casa Erik para que parase en seco al chef.

Susanne se acordó de la llamada de Erik. "He hablado con Alexander y lo va a solucionar", le había dicho.

—La próxima vez que le des una noticia de estas características —continuó Alexander—, avísame antes. Cada vez que pasamos un ratito juntos, huele mejor.

Susanne sintió un escalofrío por todo su cuerpo y a poco estuvo de largarse a llorar. Pero una profesional de su nivel sabe esconder los sentimientos. Cogió la revista que mantenía entre sus piernas y disimuló leerla, aunque sus pensamientos permanecían en otro sitio.

El avión llegó quince minutos antes de lo previsto. Cogieron un taxi y se fueron al hotel. Esa noche, Susanne se quedó en la habitación; pretextó que se sentía exhausta por el viaje. Alexander salió a dar un paseo y cenó solo.

A las ocho y media de la mañana, se presentó un coche oficial color negro en la puerta del hotel. El chófer se bajó y los invitó a subir, abriendo la puerta con un gesto de absoluto respeto. Los representantes de la Guía Gastronómica ZETA subieron al vehículo y treinta minutos más tarde, se encontraron frente al ayuntamiento. Desde la puerta del coche se podía ver un gran mural, que cubría parte de la fachada del edificio, con la imagen del rey Rama IX. Tuvieron que caminar unos cien metros hasta llegar a la puerta principal; atravesaron una plaza de baldosas de una extensión desproporcionada y pasaron por el monumento al nombre de la ciudad, que aparecía en el libro Guinness por sus ciento sesenta y ocho caracteres latinos.

En la puerta, les esperaba un representante de la concejalía de turismo. Susanne iba vestida con un traje verde oscuro y tacones de charol negros y llevaba en su mano una carpeta de cuero con cremallera, también negra. Alexander llevaba un traje gris oscuro y su ya conocido maletín de cuero. Una vez dentro, se dirigieron a la derecha del edificio, donde se encontraban las oficinas de turismo.

Al entrar a la oficina del concejal, cuatro personas estaban sentadas en una mesa ovalada de madera noble. Tres hombres y una mujer. Parecía que llevaban un tiempo reunidos. Se pusieron de pie y saludaron a Alexander y Susanne.

El concejal se presentó:

—Bienvenidos a Bangkok. Nos alegra recibiros en nuestro Ayuntamiento y espero que tengamos una reunión respetuosa y agradable.

—Muchas gracias señor Saelim —respondió Alexander—. Estamos encantados de estar en esta deslumbrante ciudad y próspero país.

Todos se sentaron a la vez, sirvieron infusión acompañada de sanay chan, un dulce típico tailandés preparado con yema huevo, harina de arroz, azúcar, nuez moscada y hierbas.

La primera hora transcurrió rápido. Fue una charla para romper el hielo, donde se habló de los sitios típicos de la ciudad y de la gastronomía local. Cuando a Alexander le sonó su propio despertador interno, cortó la conversación para comenzar a hablar del tema que había venido a hablar. El que realmente le interesaba.

—Muchas gracias por invitarnos a Bangkok. Mi directora adjunta y yo estamos encantados de estar en este momento aquí con vosotros para hablar del futuro de la gastronomía y turismo de esta maravillosa ciudad y país.

Los asistentes le escuchaban con atención.

—Como sabéis, la Guía Gastronómica ZETA, es la más importante del mundo. Gracias a nuestra red de inspectores profesionales y a nuestras estrictas normas, logramos unir los mejores restaurantes del mundo y forzar la profesionalidad y la excelencia del resto de establecimientos. En definitiva, la Guía, como cariñosamente la llamamos, mejora, potencia y profesionaliza el sector de la gastronomía y el turismo en la ciudad donde aterrizamos.

Su inglés era perfecto. Bebió un sorbo de té y prosiguió:

—Por otro lado, se abre la puerta al turismo nacional e internacional de alto nivel o de lujo. Este turismo transforma, moderniza y eleva el nivel de vida de la propia ciudad y la identificación y expectativas de los futuros turistas.

El concejal de turismo mostraba un gesto de satisfacción mezclada con ambición. Como si pensara o soñara con una transformación radical de su ciudad, gracias a la decisión que estaba a punto de tomar. Quizás esto le podría impulsar a ser el próximo alcalde. O incluso a presidente del país. Quién sabe.

Susanne miraba a Alexander casi de reojo. Su pensamiento era totalmente diferente al del responsable de turismo. Su cerebro divagaba entre la admiración a su jefe a la hora de lanzar un discurso y la desazón por la última conversación en el avión.

Tomó la palabra el concejal de turismo. Se le notaba en su voz ilusión y emoción:

—Nos encantaría que la Guía Gastronómica ZETA entre inmediatamente en Bangkok y luego podáis hacerlo en el resto de ciudades. ¿Cuál sería nuestra responsabilidad al respecto? ¿Qué tiene que hacer Turismo de Bangkok para comenzar?

Tal y como tenían acordado, Susanne tomó la palabra:

—La Guía se compromete a traer diferentes inspectores para seleccionar el primer año cincuenta restaurantes de autor, siete con una estrella, dos establecimientos con dos estrellas y uno con tres estrellas. Además de la organización del evento anual de entrega de premios, con una repercusión internacional. Por otro lado, tendréis cobertura permanente en nuestra página web y central de reservas. También trabajaremos la repercusión en los medios de comunicación locales e internacionales, con la marca de "destino turístico gastronómico de excelencia".

—Suena muy bien —dijo la mujer que formaba parte del equipo del concejal—. ¿Nuestras funciones serían organizar el evento y recibir y alojar a los inspectores?

Alexander remató la faena:

—Nosotros nos haríamos cargo de todo. La concejalía de turismo simplemente deberá abonar cuarenta millones de euros por un contrato de cuatro años de duración, que se podrían dividir en pagos de diez millones al año.

—¿Cómo dice? —intervino incrédulo un hombre que estaba sentado al lado del concejal; posiblemente, se trataría del responsable económico.

—Es su precio —aclaró Alexander, con absoluta tranquilidad —Es una inversión para cubrir los gastos de apertura de mercado, gastos de inspectores, organización del evento anual y comunicación permanente de Bangkok como destino turístico. Sé que es una gran inversión, pero se recupera a partir del segundo año, cuando se potencie el turismo de lujo y vuestra ciudad sea una referencia gastronómica internacional.

Los tailandeses se quedaron sin palabras. La concejalía de turismo era consciente que tendría que invertir para abrirse al mercado gastronómico y turístico de este nivel, pero no se esperaba un desembolso de estas características. El concejal dijo:

—Creo que es una inversión imposible para nosotros. No es sencillo justificarla y no entraría dentro de nuestro presupuesto anual.

—En este caso —le respondió Alexander—, podríais poner esta inversión en el presupuesto del próximo año como gasto de promoción turística. Esto se retrasaría un año más, pero estaríais cubiertos. Nosotros no podemos perder tiempo porque otros países y ciudades nos están solicitando una reunión urgente. Si no podéis pagar esta cifra, no podemos abrir este mercado. Lo sentimos mucho.

Alexander se mostraba firme en sus palabras y no dejaba hueco para la negociación. Además de los diez millones al año, la Guía ingresaría otros cinco millones al año, en concepto de patrocinadores y el treinta por ciento de las reservas directas por restaurante y cliente, a través de la central de reservas online. Sin contar con la venta de la Guía en formato de libro. Una cifra millonaria. Bien, el trabajo ya estaba hecho, decidió dar por terminado el encuentro con una última declaración:

—¿Qué les parece si se lo piensan mejor y nos vemos en otra ocasión? Esta noche viajamos a Shanghái para cerrar un acuerdo similar. La semana que viene cerraremos también Seúl y Singapur, entre otras ciudades.

El concejal, tal y como había previsto el astuto director general, picó el anzuelo:

—¿Aceptarías un pago inmediato de cuatro millones en concepto de promoción turística y doce millones al año los próximos tres años? Es la única forma de poder justificar esta inversión.

Alexander se quedó pensando unos segundos. Luego dijo:

—Necesito hablarlo con la junta directiva. Si aceptamos, necesitaríamos reunirnos con los concejales de turismo de Chiang Mai, Phuket y Phang Nga y para ello, preciso vuestra colaboración. Si ellos también aceptan el ingreso de la Guía, Tailandia será un país con un turismo gastronómico de alto nivel en los próximos años. Vosotros seréis los responsables directos de la transformación turística del país.

—Cuenta con ello —respondió el concejal mientras se ponía de pie y con una sonrisa le extendía la mano a Alexander para despedirse —A lo largo de esta mañana me pondré en contacto con los concejales de turismo de esas ciudades y nos pondremos todos en marcha.

Se saludaron ambas partes con una sonrisa y salieron de las oficinas y del edificio principal. Hacía una temperatura de unos veinticinco grados y el sol era intenso. Se veía mucha gente. Le dijeron al chofer, que aún esperaba en el mismo lugar, que preferían dar un paseo y que regresarían al hotel en taxi y se perdieron entre la muchedumbre. Susanne caminaba recta y con un aire de triunfadora, Alexander se balanceaba ayudado por el maletín. Estaban a punto de abrir el continente asiático, dentro de su plan estratégico de alta rentabilidad.

—¿Sigues enfadada conmigo —le dijo de improviso Alexander mientras paseaban por las callejuelas del centro de Bangkok.

—Me siento molesta —reconoció.

—Susanne, tienes un alto cargo en la mejor guía gastronómica del mundo. Ganas suficiente dinero para vivir una buena vida y puedes sentir la brisa del poder. Comen de nuestras manos los mejores restaurantes del mundo y ahora también las administraciones locales. Disfruta y aprovéchate del momento que estamos viviendo.

—Ya lo sé Alexander, pero…

—Erik no es tuyo: tampoco mío. Solo se pertenece a sí mismo. Es un perro carroñero capaz de vender su alma por un minuto de fama. No sabes lo que *La bestia* es capaz de hacer por un descapotable.

—¿Tú le regalaste el Mercedes?

—Si. Y tu le regalas información confidencial.

Susanne asintió.

—Y claro —dijo Alexander—, el demuestra, de una forma muy inteligente y calculada, que está loquito por ti. Así funciona Erik.

—¿Qué hago, Alexander? ¿corto toda relación con él?

—Mujer, es un amante excelente. Toma las riendas de tus sentimientos y utilízalo para satisfacer tus deseos y placeres mundanos. Los gigolós no sirven para otra cosa.

Una lágrima bajó por la mejilla de Susanne mientras caminaban. No era de tristeza, sino de decepción y aceptación.

XVII
Un puente emocional

En una de las raras pausas que se concedía en el trabajo, André salió al jardín del restaurante. Allí estaba Celine, que embebida en un libro, no se percató de su presencia. Se acercó hasta ella y pudo leer el título del volumen que la tenía tan absorta:

—"Neuromarketing gastronómico". Curioso.

Celine levantó la vista y le sonrió.

—Es apasionante —le dijo a su marido—. Tienes que leerlo.

—¿De qué va?

—Trata de las emociones de los consumidores. El autor, Claudio Ponce, se sumerge en el cerebro emocional del cliente de un restaurante, para descubrir y potenciar los recuerdos emocionales vividos y de qué forma potenciarlos.

—Qué interesante.

—¿Sabías que cualquier situación que vives en la vida, se genera un puente en tu cerebro, donde se alberga dicha información?

—Lo desconocía.

—En nuestro cerebro, disponemos de miles de millones de estos puentes. Son hilos muy finitos y cada uno dispone de la información de algo que hemos vivido. Cuanto mayor sea el grado emocional de esa vivencia o experiencia, más grueso será dicho puente. Por este motivo, solemos recordar, sobre todo, las cosas que vivimos de una forma emocional, sea positiva o negativa. Si no ha habido emoción, nos suele costar recordar algo que hemos vivido, aunque la información se encuentre allí.

—¿Y qué tiene que ver realmente con un restaurante?

—Todo, André. Si trabajas los detalles que potencian recuerdos emocionales en tus clientes, ya sean recuerdos conscientes o inconscientes, dichos clientes querrán regresar. Han vivido un momento emocional importante, que se guardará en su cerebro.

—En un puente un poco más grueso —razonó André.

—Exacto. Además, si se consigue esto, las personas valorarán la experiencia vivida por encima del precio que han pagado. Incluso les parecerá barato.

—¿Cómo se podrían generar, por ejemplo, recuerdos emocionales inconscientes?

—Si lo lees, lo descubrirás.

—¡No seas mala, Celine!

—Vale, verás, si colocamos por ejemplo una lámpara, cuadro, silla o sillón, de color rojo fuerte, le envías al cerebro de tu cliente la información de que en este establecimiento hay pasión.

—Tiene todo el sentido.

—Además, una determinada música a un cierto volumen, podría generar sentimientos únicos y un ambiente especial de identificación.

—No tenemos música.

—Pues deberíamos.

André, hasta ese momento de pie, se sentó en el césped y reclinó la cabeza en el regazo de Celine. Con los ojos cerrados, le dijo:

—¿Qué clase de música pondrías?

—Quedaría bien música clásica o jazz a un volumen bajo, como un hilo musical. En este caso específico, el murmullo debería estar un poco más alto que la propia música. El objetivo es crear un ambiente perfecto de sonidos. Incluido el ruido que hacen los cubiertos en contacto con los platos.

—Una sinfonía gastronómica: siempre igual y siempre diferente. Me gusta. ¿Qué más cariño?

—Hay muchos detalles y matices que indica el libro que podemos implementar, ¿Lo leemos juntos, debatimos y tomamos decisiones?

—Perfecto —dijo André, que hizo el ademán de incorporarse.

—¿Dónde vas? —preguntó Celine, mientras lo retenía con suavidad.

—A la cocina. Tengo que supervisar la…

—No —le interrumpió su esposa.

André se dejo acariciar por las manos de Celine y los rayos del sol. Aspiró los olores de la hierba, de las flores; miró a su alrededor y se embargó por los colores y el ambiente. Sintió una brisa que le apaciguaba. Entendió que los detalles en conjunto —el jardín, el sol, la brisa y Celine— generaban un puente emocional grueso de información en su cerebro, de los que hablaba el libro. Desde luego, este momento nunca se le olvidaría.

—Tienes razón, querida, vamos a leer juntos ese libro.

TERCERA PARTE
El desenlace

I
Objetivo conseguido

El evento anual de la Guía Gastronómica ZETA en Francia, se realizó en el Palacio de Congresos y Exposiciones de Marsella. Más de dos mil quinientos invitados asistieron a la gala gastronómica más esperada del año. Alrededor de seiscientos restaurantes estaban a punto de recibir una, dos o tres estrellas, más los reconocimientos de cocina de autor. Estos últimos representaban los establecimientos que se posicionaban en la parrilla de salida para el próximo año. Siempre y cuando estuvieran a la altura de las circunstancias.

Habían pasado cinco años desde aquella reunión entre André y Alexander en el hotel-restaurante André Durand. El chef no tuvo más opción que hablar con el informático de la Guía para conectar al restaurante con la central de reservas internacional. Celine tuvo la brillante idea de activar en la aplicación de reservas del propio restaurante, la opción de "reserva sin confirmar". Esta pequeña trampa engañaba a la central de reservas de la Guía y dejaba mesas libres en momentos específicos. Viernes, sábado y domingo. De esta forma, capaban todas las reservas externas para poder tener mayor rentabilidad.

Se decidió no apostar por el patrocinio de ninguno de los eventos presenciales ni plataformas online que tuvieran algo que ver con la Guía. El primer año, el restaurante André Durand, fue galardonado con una estrella, pero luego fue olvidado.

La gestión económica, financiera y estratégica de Celine fue brillante. El hotel tenía una ocupación media al año del setenta y cinco por ciento. Se cerraron acuerdos con diferentes touroperadores y agencias francesas de turismo. Se desarrollaron diferentes campañas y promociones a lo largo del año y por último, se diseñó y construyó un spa con servicios para el cuidado del cuerpo. Los clientes se internaban entre dos y cinco días en el hotel-spa y salían rejuvenecidos.

El hotel y el restaurante ajustaron los precios y mantuvieron la misma calidad; se realizaron eventos para potenciar el negocio. Las cuentas cuadraban bien y la empresa tenía una rentabilidad aceptable. Cuando se cumplieron los cuatro años de aquella reunión dónde le quitaron las tres estrellas, Celine decidió hablar con André acerca de este tema, ya que quería potenciar el restaurante.

—André, creo que es hora de que seamos patrocinadores de la Guía online y de la central de reservas internacional.

—¿Estás segura? ¿Te parece bien su sistema de recaudación?

— No, es injusto. Pero por otro lado, la Guía es una empresa privada y tiene todo el derecho de desarrollar su propia estrategia para que sea más rentable.

—Muy rentable —subrayó irónico André.

—Nuestro objetivo es que tengas las tres estrellas y para lograrlo, no hay otro camino.

—Te entiendo. Adelante.

André la miró a los ojos de una forma cariñosa, la abrazó fuerte, le dio un beso y se retiró a la cocina para evadirse, a través de la creación y el esfuerzo permanente. Él sólo quería trabajar miles de horas entre fogones, experimentar con ingredientes, texturas y sabores, provocar experiencias únicas y perdurables.

Celine fue a la oficina y envió un mensaje al móvil de Alexander:

—"Buenos días Alexander. Espero que me recuerdes. Soy Celine Roux, directora comercial del hotel-restaurante André Durand. El motivo de este mensaje es porque queremos ser patrocinadores de la Guía".

En menos de un minuto, la directora recibió la respuesta del director de la Guía:

—"Buenos días Celine. Claro que te recuerdo. Perfecto. Entre hoy y mañana se pondrá en contacto contigo un responsable de publicidad y te comentará las diferentes opciones. Me alegra mucho. Espero que os esté yendo muy bien. Gracias. Alexander."

En menos de una semana, formaban parte de los más de cinco mil patrocinadores, distribuidos por todas las páginas y plataformas de la Guía, además de eventos específicos y publicaciones. Con una cuota anual de catorce mil quinientos euros, tendrían cubiertos los próximos doce meses.

A los ocho meses de aquel intercambio de mensajes con Alexander y de la contratación publicitaria, se presentaron un jueves por la noche dos hombres trajeados y de trato agradable. El jefe de cocina avisó a André que dos personas, mientras cenaban, observaban cada milímetro del salón y de los platos y que luego lo comentaban entre ellos.

André, una vez finalizó la preparación principal de los platos junto con su equipo, salió a saludar a sus clientes, como era habitual en él y se paró a hablar con estos dos señores:

—Buenas noches ¿Están disfrutando de la cena?
—Buenas noches. Sí, exquisita. Hemos venido a Lyon por temas de negocios y no quisimos perdernos tu cocina. Es increíble.
—Muchas gracias. ¿De dónde vienen?
—De París.

André recorrió el resto de las mesas con una sonrisa en sus labios. Estaba seguro de que se trataba de inspectores de la Guía. Esto podría significar una evaluación para mantener la estrella. Pero enviar a dos inspectores a la vez, solía ser para analizar o evaluar un galardón a partir de dos.

—"Celine tenía razón. Como siempre", pensó André mientras regresaba a la cocina.

Dos meses más tarde André y Celine se encontraban en la fila once del evento gastronómico del año y donde el chef esperaba subir a dos estrellas. Había sido un año excelente en innovación gastronómica y reconocimiento internacional para el restaurante André Durand, a pesar de tener sólo una estrella.

Un mes antes, habían recibido la invitación para asistir. Celine llevaba un vestido negro largo ajustado al cuerpo y con la espalda descubierta. Se había recogido el pelo y lucía una gargantilla de oro. André vestía un traje negro y corbata roja, sobre camisa blanca. El fondo del escenario era de color naranja, que era el color corporativo de la Guía, donde se destacaban los patrocinadores principales de aquel evento. Nadie sabía a ciencia cierta, cuánto dinero habían pagado aquellas empresas para tener tal honor. Aunque parecía que a nadie le importaba.

El acto comenzó con la aparición de una conocida presentadora de televisión. Dio la bienvenida a los diferentes chefs y luego cedió la palabra al alcalde de Marsella y al concejal de turismo, que tuvieron su minuto de gloria. A continuación, invitó a subir al escenario a Alexander, "el gran gestor que hizo crecer la Guía en un quinientos por ciento en sólo cinco años, el visionario que supo ver más allá, el hombre del que todos hablan", dijo con entusiasmo la presentadora.

Los asistentes se levantaron de sus asientos para dedicarle una ola de aplausos y una ovación atronadora. Alexander se acercó al micrófono con cierta dificultad al caminar. Celine pensó que le faltaba el maletín en la mano, que le confería cierto equilibrio. Llevaba un traje azul hecho a medida y corbata del color corporativo; era de las pocas veces que le quedaba bien una americana. El director comenzó a hablar:

—Buenas noches. Antes que nada, quería agradecer especialmente a nuestros chefs y a las increíbles plantillas que trabajan con ellos, su trabajo y dedicación mantiene a nuestro país en el lugar más alto de la gastronomía mundial. Para mí es un orgullo y una gran satisfacción servirles y ser su cómplice en esta maravillosa labor que es hacer realidad el sueño, tan sencillo en apariencia y en realidad tan difícil, de disfrutar de la mejor gastronomía de Francia y del mundo. Ellos son quienes lo hacen posible y por tanto, los verdaderos responsables y protagonistas de que estemos hoy en la preciosa y acogedora Marsella. Gracias señor alcalde, por invitarnos.

El alcalde agradeció con una sonrisa la mención. Alexander salía caro, pero sabía cómo hacer las cosas.

—En estos años —prosiguió el director—, he dado varias veces la vuelta al mundo, recorriendo y descubriendo diferentes culturas gastronómicas y quiero decir en este momento, que la gastronomía francesa sigue estando a la vanguardia internacional y sigue siendo una referencia mundial.

Estratégicamente situados entre el público, actrices y actores secundarios de buena planta contratados para la ocasión, se levantaron y se prodigaron en vítores y aplausos, contagiando al resto de la concurrencia, que los imitó de buen grado.

—Por este motivo y como comenté al principio de esta intervención, solo tengo palabras de agradecimiento a los creadores de sabores, a los innovadores incansables, a los soñadores insatisfechos, a los profesionales que crean con los ingredientes básicos que nos da la naturaleza, los sabores y texturas que nos transportan a un mundo nuevo de sensaciones y sentimientos.

Esta vez no hizo falta que los actores secundarios iniciaran la escena preparada: las dos mil quinientas personas presentes, se pusieron de pie para aplaudir y ovacionar al líder de la gastronomía francesa y mundial. André, emotivo como era, se dejaba llevar por el público y por las palabras elogiosas de Alexander. Celine, de naturaleza racional y escéptica, revoleaba los ojos y analizaba con curiosidad antropológica aquella entrega física y emocional de los asistentes.

Cuando comenzó a apaciguarse el público y a medida que aminoraba su entusiasmo, hizo acto de presencia en el escenario una de las cantantes francesas más de moda en aquellos momentos. Fue una sorpresa tan bien guardada como inesperada, que dejó impresionada hasta a la propia Celine. Tras interpretar una balada sentida y bella, la cantante se retiró y la presentadora recuperó el protagonismo. Comenzaba la hora de la verdad: la entrega de los galardones. Un silencio expectante se adueñó de la sala, Había mucho en juego.

Empezaron con los reconocimientos a la cocina de autor. André miró a su mujer con una expresión de satisfacción al ver que no estaba entre ellos y no había bajado de categoría.

Luego siguieron con el galardón de una estrella. El chef comenzó a sudar. Cuando llamaron al último premiado, André volvió a mirar a Celine con una sonrisa. Se acercó al oído de su esposa y directora adjunta y le susurró:

—Ahora vamos nosotros.

La franja de los premiados con dos estrellas pasó muy rápido y no nombraron al restaurante André Durand. La cara del chef se desencajó por completo. Hizo ademán de levantarse y abandonar la sala, pero Celine le cogió la mano con fuerza. André sintió seguridad y confianza.

El alcalde era el designado para entregar a los galardonados las tan deseadas tres estrellas, que proclamarían los mejores entre los mejores de la gastronomía nacional y mundial.

Había un silencio absoluto. Sólo se escuchaba alguna persona que tosía y el ruido normal que generaban más de dos mil personas en silencio. El alcalde se acercó al micrófono y comenzó a nombrar los diferentes chef premiados con la máxima distinción y cada uno de ellos iban subiendo al escenario. Allí les colocaba una filipina color naranja, sólo para esta ocasión especial y del lado del corazón, aparecía el logo de la Guía y arriba, las tres estrellas en blanco. Se sacaban la foto con el alcalde y el director y se dirigían al fondo del escenario.

Habían subido treinta chefs y André perdió toda esperanza, ya que el año anterior, sólo hubo veintiocho distinciones. Efectivamente, el alcalde se hizo a un lado y los chefs premiados se situaron en el centro del escenario al fondo para la foto que sería portada en todos los periódicos del país. Y André no estaría en ella. Todo había acabado.

Una vez rodeado de los chefs con las flamantes tres estrellas y con Alexander a su lado, el alcalde se dirigió al micrófono para cerrar el acto:

—Y el último galardonado con las tres estrellas que otorga la Guía gastronómica ZETA es un nuevo restaurante que consigue esta distinción. Se trata del hotel-restaurante André Durand de Lyon.

André se quedó estupefacto. Tuvo la extraña sensación de que conocía perfectamente aquel hotel-restaurante, pero tardó un segundo más en darse cuenta que se trataba de él mismo.

Celine lo abrazó con lágrimas en los ojos y con la incapacidad de decirle lo orgullosa que estaba de él y lo que le amaba. André sintió el mismo subidón de cuando era sólo un aprendiz y el restaurante también había ganado tres estrellas. La diferencia era que en ese entonces, los restaurantes se enteraban por carta y no a través de un evento hollywoodiense. Sólo le faltaba una mesa para subirse en ella y gritar al público que, por fin, había cumplido su sueño.

Mientras subía al escenario, Alexander se acercó al micrófono y antes de que el público dejara de aplaudir, comenzó a hablar:

—Este último galardón tiene una historia que merece la pena contar.

El público se quedó mudo. André se acercó al alcalde y se quedó a su lado, pendiente de lo que iba a decir el director, que prosiguió:

—Quizás muchos de ustedes no conozcan a André Durand y otros muchos piensen que es realmente la primera vez que disfruta de este merecido premio. André comenzó a formar parte de este máximo reconocimiento cuando apenas era un aprendiz de dieciséis años y disfrutó de él durante otros dieciséis años. En este lapso de tiempo fue aprendiz, cocinero y jefe de cocina, hasta convertirse en el dueño del hotel-restaurante que le vio nacer como profesional. La jubilación del chef Paul Leduc, forzó la pérdida de sus tres estrellas que supieron mantener durante muchos años y que hoy el propio André recupera, gracias a su capacidad innovara y a la pasión que pone en cada una de sus creaciones. Es un chef veterano en disfrutar de este galardón a pesar de su juventud. Para mí es un honor y un orgullo dar este premio a una persona especial, que pone a la gastronomía francesa a la altura que merece estar. Por este motivo pido un fuerte aplauso al chef André Durand, galardonado con las tres estrellas que otorga la Guía Gastronómica ZETA.

La ovación llegó a su nivel máximo y André sentía que la energía que desprendía el público entraba directamente a su cuerpo. Con el galardón ya en su mano, intentaba buscar a Celine entre el público. Fue una noche especial para el incansable innovador y creador.

Cuando llegó a su butaca, se fundió en un profundo abrazo con Celine. El evento se encontraba en su desenlace y cierre. Unas palabras finales del director, hablando ya del próximo año, mezcladas con la despedida de la presentadora y la actuación de una joven chelista local. Se encendieron las luces y el público comenzó a salir en orden por la puerta principal. Nada más atravesar la salida, unos chefs se acercaron a saludar a André, por lo que Celine le dijo al oído a su marido:

—Voy a buscar el coche al parking. Espérame aquí que tardo pocos minutos.

—Perfecto, te espero.

Mientras los chefs hablaban en el borde de la acera, un hombre con una elegancia que destacaba del resto, se acercó a André e interrumpió la conversación:

—Enhorabuena André, mi nombre es Erik Fischer y soy periodista gastronómico de la revista Le Grand Gastronomie. Me gustaría hacerte una entrevista para la publicación que saldrá en diciembre. ¿Te parece que me acerque con un fotógrafo a tu restaurante la semana que viene?

—Se lo agradezco, pero no soy de entrevistas ni de fotos.

—Pero —se sorprendió Erik— eres la noticia del evento.

—Le agradezco mucho que haya pensado en mí, pero prefiero centrarme en mi cocina.

Justo en ese momento se detuvo el coche a un metro de André y su mujer bajó la ventanilla del acompañante y desde dentro dijo:

—¿Nos vamos?

—Sí, claro. Adiós, señores.

Mientras veía cómo André se iba, *La bestia* no daba crédito a lo ocurrido. Nunca jamás nadie se había negado a ser entrevistado por él, ¡incluso se lo suplicaban y le pagaban un extra! ¿Qué se había creído este hombre? Esto no iba a quedar así, porque además lo había hecho delante de un grupo de chefs, que pronto contarían por ahí que Erik Fischer había sido menospreciado.

En el coche rumbo al hotel, Celine le preguntó:

—¿Ese hombre era *La bestia*, verdad?

—Sí —masculló André.

—Es igual de guapo o más en persona que en los vídeos.

—Y un tipo sin escrúpulos. Detesto a estos personajes.

—¿Y qué te ha dicho? —se interesó Celine.

—Quería hacerme una entrevista; le he dicho que gracias, pero no.

—Sus redes sociales las siguen miles de personas.

—Sí, donde se ríe y banaliza el trabajo duro de los demás, cuando no los hunde por puro gusto.

—Así son las cosas hoy en día, André. Las redes han traído esto —razonó Celine.

—Te entiendo, cariño, pero es superior a mis fuerzas. Puedo tratar con el granuja de Alexander pero con este, me llevan los demonios.

—En fin, espero que no se moleste.

—Me da igual. Lo importante es que tenemos las tres estrellas —dijo sonriente André.

II
Cambio de sentido

—Hola Susanne, buenas noches ¿qué tal estás?

—Bien.

—Hace casi dos meses que no nos vemos ¿te pasa algo? ¿tienes algún problema?

—No. Tengo mucho trabajo y la verdad es que no tengo tiempo.

—Antes vivías en España y nos veíamos con frecuencia y ahora estás aquí en París ¿y me dices que no tienes tiempo ni siquiera de cenar conmigo?

—Lo siento Erik, pero ahora soy la mano derecha de Alexander y entre la carga de trabajo y los viajes, lo que quiero es llegar a casa, darme una ducha e irme a la cama.

Erik se miró en el espejo del salón y examinó su dentadura. Seguía tan perfecta como siempre. Decidió cambiar el tono de insistente a alegre:

—¿Qué haces el fin de semana que viene?

—Me iré a Viena a ver a mi familia.

—Genial, te acompaño. Estuve allí cuando era estudiante y la verdad es que me encantó la ciudad. Podemos hacer un tour turístico con la mejor guía.

—No puede ser. Necesito resolver un tema familiar y prefiero ir sola. La próxima te digo algo y vamos.

—Claro. Por cierto, no te vi en la entrega de galardones.

—Estuve en Atenas, organizando la entrega de galardones para Grecia.

—Te eché de menos. ¿Sabes lo que me pasó al finalizar el evento?

—Cuéntame.

—Tuve un desencuentro con el chef Durand.

—Vaya. No le conozco personalmente, pero he oído hablar de él a Alexander. Tiene una gran opinión. Dice que representa el presente y futuro de la gastronomía francesa e internacional. También que es un genio escondido en un cuerpo de pollito en un sector de hienas en celo. Que si no fuera por su mujer, seguiría escondido en una cocina hirviendo alcachofas con un toque de romero.

—Veo que le conoces más que yo.

—¿Qué pasó, le tiraste los tejos a su mujer?

—Más quisiera ella. A la salida del evento me acerqué y le dije que quería hacerle una entrevista para la revista. Se negó.

—¿En serio? Bueno, es un bicho raro, de esos que no les gusta la notoriedad.

—Bien contento que estaba cuando se subió al escenario.

—Hombre, eso es diferente.

—Susanne, no admito una negativa.

—Relájate, Erik. Es un hombre tímido, nada más. Trabájalo un poco, habla con su mujer, que es la que lleva estas cosas y seguro que le convence.

—Yo no voy a ir con recaderos. No soporto que me menosprecien.

—Te conozco y sé por dónde vas. Déjalo en paz. Si no le interesa, es su problema. Sabes que los chefs muchas veces son peculiares. Son genios encerrados en su propio mundo y nosotros vivimos de ellos. Y la verdad, vivimos muy bien sin ser genios. Si comenzamos a molestarlos, nos quedaremos sin la vaca que da la leche. Si encima es por un tema de orgullo personal, te salpicará a la cara. Ya sabes lo que te estoy diciendo.

—¿Es por eso que ya no quieres estar conmigo?

—No seas tonto, Erik. Ya quedaremos en otra ocasión.

—Cómo has cambiado Susanne. Pensar que me enviabas un mensaje antes de subirte a un avión con mucha ilusión para que quedáramos. Me llamabas casi a diario.

Susanne resopló. Siempre le habían incomodado estas situaciones, no entendía a la gente que no sabía cuando algo se había acabado y afloraban los reproches y las exigencias. Decidió que había llegado el momento de ser clara:

—Todos cambiamos y las cosas cambian. Además hay cosas en las que no estoy de acuerdo contigo.

—¿A qué te refieres?

—No me gusta la forma que tienes de tratar a ciertos chefs, cuando no te temen o respetan como tú piensas que te tienen que respetar. Por ejemplo lo que me has comentado de André Durand. Entre otros muchos ejemplos. Abusas de tu estatus en el sector.

—Curioso. Antes te divertías cuando veías mis vídeos, ahora te parecen abusivos. ¿Algo más que te moleste de mí?

—Tampoco me gusta que me trates como si estuvieras enamorado de mí y luego te folles a Alexander a cambio de un Mercedes.

Erik se quedó petrificado en el sofá del salón de su casa. Aún mantenía el móvil en su oreja, pero no podía articular palabra. Oyó del otro lado que colgaban. Escuchó tres pitidos y luego un silencio sepulcral. Su mundo se desmoronaba.

Alexander ya no se fiaba de él y lo utilizaba: le enviaba un mensaje cada dos semanas diciéndole que pasara por su casa, recordándole los favores y los regalitos que había recibido de él. El chef André Durand le había menospreciado delante de otros chefs y ahora Susanne, su talismán, le había echado en cara sus encuentros con Alexander. Y lo peor, no le pasaba información ni quería verle.

Abrió la lista de contactos del móvil y buscó a alguien para salir a cenar. Un amigo o amiga verdadera. Necesitaba hablar con alguien. Que le escucharan y que le aconsejaran. Después de un rato subiendo y bajando a través de la lista, pinchó el contacto que ponía "pizza a domicilio".

III
Otra buena noticia

El flamante chef galardonado con tres estrellas por la reconocida Guía Gastronómica ZETA, desayunaba placenteramente en su oficina, cuando de repente entró Celine con una sonrisa de oreja a oreja. Cerró la puerta y con los brazos abiertos en cruz, comenzó a saltar y gritar.

—¡Lo hemos conseguido André! —Celine gritaba de alegría y saltaba a pesar de la estrecha falda floreada que llevaba en ese momento.

—¿Qué pasa, Celine?

—Vas a ser la cara de la marca de los purés y sopas Merine.

—¿De verdad?

—¡Si! Serás el primer chef que consigue poner su nombre y cara a un producto de alimentación de primera línea.

—¿Y esto no traerá problemas al restaurante?

—¿Problemas? Lo que te traerá son unos ingresos económicos formidables.

—¿Ya se lo has informado a la Guía?

—¿Qué tiene que ver que hayas sido galardonado con tres estrellas por tu capacidad como chef, con que tengas una representación de una marca de alimentación?

—No lo sé. Ya sabes cómo funciona esta gente.

—Deja de pensar tonterías, André. Ellos estarán encantados, también les conviene.

—Tienes razón, a veces soy un poco paranoico.

—Van a sacar una línea de productos gourmet y tienes que darle tu toque personal a la receta que ya comercializan. En la etiqueta aparecerá tu nombre, una foto tuya y tu firma.

—Estupendo, Celine.

—Además, mañana viene un periodista de la agencia France-presse para hacerte una entrevista, que saldrá en diferentes medios de comunicación.

—Muy bien. Me voy a la cocina.

André se levantó, le dio un beso a Celine y, sin hacer más comentarios, se fue a su refugio personal. Allí se sentía seguro de sí mismo. Él no deseaba ni el dinero ni la fama. Sólo quería crear, investigar, mezclar e innovar. Quería encontrar la inmortalidad a través de su trabajo en silencio y del triunfo y reconocimiento en su restaurante, no a través del ruido fuera de su cocina. Puede que a otras personas les encantara tener su imagen en los lineales de los supermercados de toda Francia, pero reconocía que ese idea le ponía nervioso. Por otro lado, entendía que era un modo magnífico de obtener beneficios y afianzar el negocio. No podía negarse.

El bueno de Paul Leduc tenía razón. Había escapado de una jauja para meterse en otra más grande. Y no sabía cómo escapar de esta.

IV
El cielo

Tras haber firmado el contrato con Merine, André comenzó a ser el centro de atención. Salía cada semana en un medio de comunicación diferente. Programas de televisión y radio con distintas temáticas, donde querían que el chef comentara sus secretos gastronómicos e incluso privados.

Periódicos y revistas del sector y de la vida social, colocaban en las portadas a una persona con la mirada un poco perdida, con titulares como: "El mejor chef del mundo es francés", "André Durand ha batido todos los récords como chef y como empresario", "La cima del mundo gastronómico internacional tiene nombre y apellido: André Durand".

Aprovechando este tirón, Merine decidió sacar una línea de platos y tazas con la cara y la firma de André, donde además incluía en el dorso, un secreto o consejo de cocina de un personaje ya público. Incluso la Editorial Larousse, negociaba con Celine la realización de un libro con el posible título de "La escuela de la alta cocina francesa".

—Buenos días, querido. Te recuerdo que hemos quedado a las nueve y media en el plató de televisión de BFM Metropole, para grabar el programa de la mañana. Va en directo.
—¿Hoy también?
—Si, cariño. Necesitamos aprovechar el tirón que estás teniendo. Gracias a esto, el hotel y el restaurante están llenos cada día, además de los ingresos mensuales de Merine.
—Vale —rezongó André.
—He hecho cuentas y si mantenemos este nivel un año o dos más, podremos disponer de un fondo de contingencia suficiente para luego, quitarnos de la primera plana de la exposición mediática. Incluso nos podríamos jubilar antes de tiempo —concluyó ilusionada Celine.

André sonrió desganado. Celine sabía que le costaba un gran esfuerzo todo esto, y había intentado que André aprendiera a relajarse, pero eso fue imposible. A regañadientes, se dejaba llevar a emisoras y platós de televisión, pero por nada del mundo se permitía el más mínimo descanso. Por ello, en más de una ocasión le dijo si quería dejar de aparecer en medios, pero entonces él insistía que no, que todo estaba bien, que era parte del trabajo.

—Ponte este traje que te queda muy bien.
—Si, cariño.
—La corbata rosa.
—Si.
—Venga vamos, cariño. Date prisa.
—¿A qué hora estaremos de regreso?
—Alrededor de la una.
—Pero entonces…
—Jean se encargará de todo. Tú estarás para la cena.

Salieron de la casona ya restaurada por Bastien, subieron al coche y se dirigieron en dirección a Lyon.

—Celine, ¿has dicho uno o dos años y luego retirarnos?
—Así es. Este nivel de estrés y exigencia es insoportable.
—Pero yo no quiero jubilarme. Mi vida es mi trabajo.
—Hay más cosas, André.
—Claro, aún así, me gustaría hacerte una propuesta.
—Dime.
—¿Y si llegado ese momento, vendemos todo y montamos un pequeño restaurante en el centro de Lyon?
—Es una gran idea. Incluso podríamos ponerlo en tu pueblo.

Los ojos de André se iluminaron por primera vez en muchas semanas. Sí, eso sería genial. Un restaurante sencillo, modesto, lejos de la Guía y sus dichosas estrellas, de la radio, la televisión y los supermercados. Un homenaje emotivo y diario a personas como sus padres. Sí, quizás eso aliviaría el enorme vacío que crecía, día a día, en su interior. A lo mejor podría extirpar el oscuro secreto que, con el paso de los días y la vorágine en la que estaban inmersos, había logrado ocultar a Celine. A veces, incluso a sí mismo.

Sin poder evitarlo, André se echó a llorar. Era un llanto que pensó iba a ser liberador —y así se lo pareció a Celine—, pero que él percibió más como una aceptación de lo que podría pasar. Eran lágrimas de un presagio funesto y, sin embargo, tranquilizador.

Celine detuvo el coche y mientras le consolaba, le dijo:

—Cariño, eres rehén de tu talento y tu ambición, pero voy a liberarte de lo segundo, te lo prometo. Aguanta un poco más y serás libre.

—Libre —repitió André—. Eso es, libre.

V
Mezcla de ingredientes

Se despertó con un sobresalto. Miró el reloj que marcaba las once y diez de la mañana y se levantó con cierta dificultad. Mientras abría el grifo de la ducha, aún le daba vueltas al sueño que disfrutaba hace escasos minutos:

"¿Era un autobús o un camión el que se caía por el precipicio? ¿Estaba yo dentro o lo veía desde fuera? ¿Qué significará este sueño?"

Salió de la ducha, se vistió, se preparó un café y se sentó en el sofá del salón. No tenía mensajes ni correos electrónicos.

"Últimamente, casi nadie me escribe. Este mes no tengo ningún tema para mi canal. Como siga así, comenzaré a tener problemas económicos"

Encendió el televisor para distraerse mientras desayunaba, cuando dio un sobresalto que casi derrama el café encima de su cuerpo.

"Si es André Durand en el programa de las mañanas. A este tío lo veo hasta en la sopa. Nunca mejor dicho. No puede ser que con el perfil que tiene, tenga tanto éxito. Encima me denegó una entrevista y ahora no para de dar entrevistas a medios de comunicación que nada tienen que ver con la gastronomía. Menudo imbécil".

Desbloqueó el móvil, buscó un teléfono a través de internet y llamó:

—Hotel restaurante André Durand buenos días, le atiende Anne. ¿Qué desea?
—Quería hacer una reserva. Para este viernes, una persona.

—Imposible, señor, tenemos lleno.

—Soy Erik Fisher, periodista gastronómico.

—Señor Fisher, encantada. Le puedo mirar otro día, si está de acuerdo.

—Sí, gracias.

Mientras escuchaba el teclear de la recepcionista del hotel restaurante, Erik se mordía los puños de rabia. ¡Solo hace unos días que decía su nombre y tenía mesa disponible en cualquier restaurante del mundo! Ahora lo trataban como a un cualquiera. Y de nuevo, era el maldito Durand.

—¿Señor Fischer?

—Dígame, Anne, le escucho.

—Tengo una mesa para el día jueves veintitrés.

—Eso es dentro de casi dos semanas.

—Lo siento, señor. Si desea formalizarla, tiene que ser ahora mismo, de lo contrario, no se lo puedo asegurar.

—Adelante.

Erik sentía que la ira y la frustración acumulados durante meses, se transformaban.

—Muy bien señor Fischer, su reserva ya está realizada. Veinticuatro horas antes, le volveremos a llamar para confirmar su reserva. Muchas gracias y que tenga buenos días.

Y la verdad, era la primera sensación agradable en mucho tiempo.

—Muchas gracias, Anne. Buenos días.

Sin soltar el móvil, Erik escribió un mensaje a Alexander:

"¡Hola! Te escribo para preguntarte si el viernes veinticuatro de este mes vas a estar en tu casa. Me gustaría hacerte una visita. Ya me dices. Que tengas un buen día".

Apagó el móvil. Quería gozar de este momento, en el que por fin, veía el modo de volver a ser el de siempre.

La bestia había vuelto.

VI
Buenos días

—Buenos días Alexander.

—Buenos días Susanne. ¿Qué tal te encuentras esta mañana?

—Bien. Dormí toda la noche y cuando a primera hora de la mañana levanté la persiana de mi habitación, descubrí un sol radiante. Más no se puede pedir. Te he traído esta revista del corazón. Mira quién sale en la portada

—¿André Durand? —se sorprendió el director.

—Es el chef francés de moda. Sale en diferentes medios de comunicación. Hasta hay tazas y platos con su cara. Incluso ayer estuvo en el programa de las mañanas hablando de su vida.

—¿Crees que esto nos podría perjudicar de alguna manera?

—Es algo que debemos analizar —afirmó Susanne.

Alexander hojeaba la revista, mientras decía:

—Desde luego, es la primera vez que un chef salta del entorno exclusivamente gastronómico.

—Querrás decir del entorno de la Guía y de nuestra revista.

—Veo que sigues siendo muy directa. Pues sí, mi opinión es que André se ha aprovechado del prestigio que le dan nuestras tres estrellas. Temo que otros chefs hagan lo mismo y perder el control que tenemos sobre ellos.

—Bueno, se las ha ganado por su esfuerzo y su constancia. Que las ha usado de trampolín, es obvio, pero no tiene por qué ser negativo para la Guía.

—Es cierto. Reconozco que si no tengo el control absoluto de la situación, comienzo a ponerme nervioso.

—No hay por qué preocuparse. La Guía va muy bien gracias a ti y a gente como André Durand. Tenemos que estar orgullosos de ello.

—Quizás tengas razón. Por cierto, el evento de entrega de galardones para el año que viene en España se realizará en Mallorca.

—¿Sí? Muy bien, así disfrutaré del entorno maravilloso de la Isla. ¿Por qué allí? ¿No negociabas con Valencia?

—Si, pero recibí una llamada de un alto cargo del ayuntamiento de Palma de Mallorca y me preguntó cuánto dinero estaba dispuesto a pagar Valencia para que se organizaran allí. Se lo dije y directamente y sin rodeos me contestó: "Te duplicamos esa cantidad si el evento se realiza aquí".

—Fantástico.

—Otro asunto. Ayer por la mañana recibí un mensaje de Erik: se pasa a hacerme una visita el viernes veinticuatro por la noche.

—¡Qué antelación! Huele a que prepara algo.

—He pensado lo mismo. Parece parte de un plan y me tiene escamado.

—Y como lo desconoces, te tiene nervioso —rió Susanne.

—¡Qué bien me conoces!. Sí, así es. Detesto no tenerlo todo controlado.

—Yo no me preocuparía. Está desesperado. No contamos con él como antes. Sólo realiza una entrevista al mes para la revista. Su canal pierde usuarios cada día. Cae en picado y algo ha maliciado para intentar levantarse. Pero no se va a atrever a enfrentarse a nosotros, sería su ruina absoluta y lo sabe.

—¿Ya no le pasas información, verdad?

—Así es. Ni quiero verlo más —afirmó rotunda Susanne.

—Así que *La bestia* está furiosa.

—Totalmente —coincidió Susanne—. Y ha buscado una víctima más fácil.

—¿Quién?

Susanne señaló la portada de la revista.

—¿Durand? —se sorprendió Alexander— ¿qué diablos le ha hecho? ¿o es qué le tiene envidia porque ahora es popular?

—Al parecer, le negó una entrevista a la salida de la ceremonia de entrega de las estrellas.

—Oh, pobre ego de Erik.

—Ve afinando el látigo y dale duro a ese cabrón. Que sienta en el cuerpo la frialdad del cuero y el dolor, que es lo que ha hecho con las personas todos estos años.

—Despreocúpate, así lo haré —concluyó Alexander con un brillo libidinoso en la mirada.

VII
El periódico

La mañana del jueves veintitrés, Erik se levantó a las siete en punto, se duchó y se tomó un café solo. Salió por la puerta de su apartamento y se dirigió al garaje. No funcionaba la luz de esa lúgubre y fría cochera del siglo veinte. Con la linterna del móvil pudo llegar bien a su descapotable Mercedes Benz modelo C300. Se sentó, cerró los ojos, respiró y pensó: "Hoy tiene que ser un gran día".

En ese preciso momento se encendió la luz del garaje y apareció una mujer con sus dos hijos. Detrás un señor. Se saludaron y cada uno se dirigió a su propio coche: "¿Funciona la luz? Comenzamos mal", pensó.

Tenía casi quinientos kilómetros hasta Lyon. Necesitaba llegar en punto a la reunión con el director del periódico Le Progrés, para ver la posibilidad de hacerse con una columna semanal, o incluso diaria relacionada con la gastronomía. Necesitaba comenzar a diversificar sus ingresos y dejar de depender tanto de la revista La Grande Gastronomie, de Susanne, de Alexander y de nada ni nadie relacionado con la Guía.

El viaje se tornó largo y aburrido. Nada más salir de París por la autopista, tuvo que apagar la radio porque estaban entrevistando al Chef André Durand. A las doce en punto, entró por la puerta de Le Progrés.

—Buenos días. Mi nombre es Erik Fischer. Tengo una reunión con Xavier Bertrand.
—Acompáñeme, señor Fischer. Xavier le está esperando.

Caminaron a través del pasillo hasta el ascensor. Subieron a la primera planta y al abrirse las puertas, Erik se quedó impresionado al ver una sala diáfana que abarcaba casi toda la planta del edificio y más de cincuenta personas concentradas en sus respectivos ordenadores. El ambiente que allí se respiraba era único. Un ventanal de pared a pared, dejaba entrar la claridad de la mañana. Sin embargo las luces de aquel olimpo del periodismo estaban encendidas. Atravesaron la gran sala con moqueta color verde oliva y llegaron hasta una puerta que ponía "Director". La recepcionista la abrió y asomó sólo la cabeza.

—Señor Beltrand, el señor Fischer ya está aquí.
—Que pase. Muchas gracias.

Al entrar, Erik se encontró con un despacho de unos veinticinco metros cuadrados. La misma línea de ventanal que la sala principal. Esto lo convertía en una oficina luminosa. En este caso, la luz no estaba encendida. La moqueta era también verde, pero se trataba de un verde algo más claro. Como un verde manzana. Se percibía un leve aroma a perfume en el ambiente. Quizás provenía del propio director. Un hombre elegante y refinado de unos cincuenta y cinco años de edad.

—Bienvenido, señor Fischer. Como hablamos por teléfono, el periódico está buscando un periodista especializado en gastronomía. Queremos tener una columna diaria que hable de la vanguardia gastronómica. Que se adentre en los diferentes restaurantes del mundo y que incluso se profundice también en posibles recetas. Por otro lado, habrá cada semana una entrevista en la revista dominical, de un chef de Francia o de cualquier otro país.
—Entiendo que el periódico quiere apostar fuerte por la gastronomía.
—Si. Hasta ahora hemos trabajado el sector de una forma tímida, por definirlo de alguna forma. Pero estoy convencido que es el momento de potenciarlo, ya que tiene un gran interés social.
—Perfecto. ¿Cuántos periodistas tendrá mi equipo?

Xavier lo miró sorprendido.

—La sección la llevarías sólo tú. Te puedo poner un asistente en prácticas, pero nada más.

—Pero lo que me dices es mucho trabajo para una sola persona —respondió Erik.

—Bueno, esa persona tendría contrato a tiempo completo, dedicación exclusiva, gastos pagados y una buena remuneración.

—¿Podría contar al menos con freelances?

—No queremos tener a un grupo de autónomos ofreciéndonos permanentemente material. Queremos que los artículos y entrevistas sigan la misma línea específica de trabajo del periódico y para ello, el periodista ha de sentirse parte del equipo y trabajar con sus compañeros.

Erik se vio en una de las mesas de la redacción, atiborrado de papeles y trabajando más horas que un reloj. Y lo peor, controlado por el director.

—Me imagino que se podrá trabajar desde París —dijo.

—En la capital disponemos de una oficina, pero la central está aquí en Lyon.

—Así que de París a Lyon —repuso Erik, resignado— Supongo que es bueno cambiar de aires de vez en cuando.

—Claro que sí. —coincidió Xavier.

—Vale, podría interesarme.

—Hay algo más: has de seguir la línea editorial.

—¿Qué significa eso?

—He investigado tu trabajo y creo que eres muy bueno para tener esta responsabilidad en Le Progrés. Sin embargo, necesitamos una visión más objetiva y menos polémica. Con más protagonismo a la noticia.

—Buscáis un empleado que siga tus instrucciones.

—Veo que me estás entendiendo.

—¡Queréis domesticarme! —bramó indignado.

—No —dijo sonriente Xavier—, queremos hacer periodismo.

Erik salió del periódico enfurecido. Esa mañana todo le salía mal. En realidad desde hacía tres meses todo le salía al revés. Encima a la altura de Beaune, había pasado por un control de velocidad a más de ciento cincuenta kilómetros por hora. Multa segura.

Resopló y se subió al coche, rumbo al restaurante.

—Amigo Durand, voy a por ti —dijo mientras arrancaba.

VIII
La tormenta perfecta

Llovía con intensidad. Aparcó justo enfrente del Hotel-spa y restaurante de tres estrellas "André Durand". Miró el reloj que marcaba las doce y cuarenta y cinco del mediodía. Había llegado quince minutos temprano. Desbloqueó el móvil y comenzó a enviar mensajes. A la una en punto bajó del coche, se puso la gabardina y cruzó la calle.

—Buenos tardes. Mi nombre es Erik Fischer y tengo una reserva.
—Buenos tardes, señor Fischer. Acompáñeme por favor.

Una chica de unos treinta años, vestida de camisa blanca, pantalón negro y americana del mismo color, abrió la puerta del restaurante y le acompañó hasta una mesa casi pegada al ventanal que daba al espectacular jardín. La sala estaba llena. Se escuchaba un escaso murmullo y se respiraba un ambiente socio cultural y económico alto. También se percibía un aroma particular. Una mezcla entre cúrcuma y limón. La música de fondo se fusionaba con el resto de ruidos y sonidos.

—Póngase cómodo señor Fischer. En breves instantes será atendido.

En menos de un minuto, se acercó el jefe de sala junto a la sumiller.

—Bienvenido señor Fischer, mi nombre es Simon Dubois y soy el jefe de sala y mi compañera es Myriam Morel, la sumiller del restaurante.
—Hola —contestó Erik sin mirarles siquiera a la cara.
—Aquí tiene la carta señor. Podrá elegir entre un menú degustación y platos de la carta.
—El menú degustación.

—Perfecto, señor. De beber, le aconsejará la sumiller. Voy a la cocina a generar la orden. Muchas gracias.

—No me hace falta una sumiller —repuso con brusquedad—, quiero que me traiga una copa de Chateau Villemaurine del 2016.

—Como prefiera el señor —Myriam se alejó en dirección a la bodega sin mostrar contrariedad.

Erik sonrió. Había abonado el terreno para lo que vendría después. Sabía cómo sacar de sus casillas hasta al profesional más tranquilo y lo disfrutaba.

La sumiller regresó con la botella de vino en una bandeja. Quitó el corcho y vertió un poco en la copa para que Erik lo probara.

—Este vino está pasado —dijo Erik en un tono un poco más alto del reinante. Esto llamó la atención de las mesas circundantes.

—¿Está seguro?

—Pasado —repitió—. Está malo. He pedido vino y no vinagre —su tono de voz iba en aumento.

Esta vez, la sumiller enarcó una ceja.

—Disculpe —dijo—, enseguida le traigo otra botella.

En ese momento se acercó el camarero.

—Buenos tardes, señor Fischer, le traigo el primer plato del menú degustación del chef…

—André Durand —interrumpió Erik en tono burlón.

—Exacto, señor. En este caso se trata de espuma de ostras con perlas de naranja, presentadas en su propia concha. Con este plato, el chef pretende que se evoque el sabor del mar con un toque cítrico.

—Me he sentado con un hambre tremenda y ¿me traes espuma de ostras con perlas de naranja?

—Son quince platos diferentes, señor.

—Pues deberían ser setenta platos como este para saciar el hambre que tengo.

Erik lo había logrado, a pesar de haber tenido un comportamiento no habitual en él: todos los comensales estaban pendientes de él. Unos molestos, otros divertidos, la mayoría curiosos por el espectáculo que se empezaba a desarrollar. Sintió cuanto echaba de menos estos momentos en los que era, para bien y para mal, el centro del mundo. Y todavía faltaba el número final.

El camarero se había alejado con la cara desencajada; cuando entró a la cocina a comentarle a André lo sucedido, se percató que la sumiller hablaba con él.

—André, este vino está perfecto —le decía.

— A mí —intervino el camarero—, me ha dicho el señor Fisher que…

—¿Fisher? —le interrumpió André—. ¿Erik Fisher?

—Sí —le confirmó la sumiller.

El chef salió por la puerta. Miró al periodista que estaba al final del comedor. Al pasar por una de las mesas, uno de los clientes le dijo:

—André, tu cocina es cada vez más sorprendente.

André giró la cabeza hacia el cliente y gesticuló una leve sonrisa. En ese momento, se escuchó el chasquido seco de una cámara de fotos que sobresalía del leve murmullo.

—¿Por qué esa persona nos ha sacado una foto? —protestó un cliente— ¿Esto se permite aquí?

—No te preocupes, Jean, voy a solucionar esto —le dijo André.

Retornó, aún más nervioso, en dirección hacia la última mesa casi pegada al ventanal y al maravilloso jardín.

—¿Se puede saber qué haces?
—Intentar comer y beber, pero se ve que aquí es difícil.

André apretó los puños. De buena gana le hubiera echado a patadas. Se contuvo y dijo:

—Haz el favor de borrar esa foto que acabas de hacer.

Erik puso cara de sorpresa y dijo:

—Durand, ¿no me reconoces? Te recuerdo que te solicité una entrevista.
—Y te dije que no.
—Exacto. Eso mismo. Como no quieres que te haga una entrevista para la revista y luego sales en cualquier medio de comunicación que nada tiene que ver con la gastronomía, me dije: "Si la montaña no va a Mahoma, entonces Mahoma tendrá que ir hacia la montaña". Y aquí estoy, haciendo un reportaje fotográfico de tu restaurante.
—Sin mi permiso tú no puedes hacer nada.
—¿Sin tu permiso? Como periodista puedo hablar de ti cuando quiero y como quiero. Pero oye, podemos firmar la paz —añadió mientras le guiñaba un ojo.
—No sé a qué te refieres.
—Si me invitas hoy a comer, prometo no cortarte la cabeza en mi próximo artículo. Y por un buen champán, hasta hablo bien de ti en el vídeo.

André no se creía lo que estaba pasando.

—Borra la foto que has hecho y sal del restaurante —le dijo—. No hace falta que pagues lo que has consumido, pero vete de aquí ahora. Estás molestando a mis clientes.
—Me iré cuando quiera —respondió Erik con dureza.
—Perfecto, llamaré a la policía —André centró su mirada en Simon, el jefe de sala y le hizo un gesto de confirmación.

Erik miró en derredor: lo había logrado. Por experiencia, sabía que cualquier escándalo se podría interpretar de muchas formas y él era el mejor en presentarse como el agraviado.

Tranquilo, Durand —dijo con voz dolida—. Tampoco hace falta que te pongas así. Ya me voy.

Erik se levantó y mientras se dirigía a la salida del salón, remató la faena con un descaro marca de la casa: iba sacando fotos de todo y de todos. Los clientes comenzaron a quejarse de aquel nefasto comportamiento, hasta que se cerró la puerta y *La bestia* desapareció. Entonces, el ambiente utópico del restaurante se restableció. Los clientes volvieron a disfrutar de la comida y la conversación a media voz.

André sin decir nada, se marchó a su oficina. Estaba abatido. Vacío. Seco. Su natural presentimiento negativo le decía que se aproximaba otra gran tormenta y que su vida podría sufrir otro giro importante.

Erik, rumbo a París, sonreía triunfante.

IX
La venganza

Erik y Alexander charlaban en casa del director, acompañados de una botella del mejor champán.

—Así que te echaron a patadas.
—Tal y como te cuento, Alexander. ¿A qué es inaudito?
—Querido, no te temen como antes.
—No se trata de eso, es mucho peor.
—Erik, te veo tenso.
—¡Cómo para no estarlo!. Lo de ayer con Durand fue solo la gota que ha colmado el vaso.
—¿A qué te refieres? —dijo inquieto Alexander.

Erik se levantó y tras beber un sorbo de champán, dijo:

—Sé que tienes una imagen de mí frívola y alocada y, en cierto modo, no te falta razón. Pero quiero que sepas que, en estas semanas desde que te vi, he hecho un análisis e investigación del sector que te puede resultar de utilidad.
—Adelante —le invitó Alexander—. Cuéntame.
—¿Sabías que ha salido una nueva guía gastronómica fundada por un grupo de multinacionales que ya está en boca de todos?
—Si. Y me preocupa mucho más que un chef que sale en los programas de las mañanas y en la prensa rosa.
—Lo que quizás no sabes es que ofrecieron a Celine Roux ser la nueva consejera delegada de la nueva guía gastronómica.
—¿Celine Roux, la mujer de André Durand?
—Exacto. Por otro lado, Giordano del restaurante Mo de Roma, que acaba de recibir tres estrellas gracias a ti, ha dicho en la prensa que la Guía manipulaba a los restaurantes.
—Vaya. ¿Alguna noticia más?
—Si. El chef del restaurante Zirco de Madrid ha dicho en un programa de televisión nacional, que la plataforma de reservas de La Guía es un abuso.

—¡Pero bueno!

—Y ese restaurante español esta galardonado también con tres estrellas.

—Cierto —concedió pensativo Alexander.

—Coge la sartén por el mango. Ponlos firmes como solo tú sabes hacerlo. De lo contrario, tu plan estratégico se irá a la mierda y tú con él.

Erik observó con satisfacción la cara confundida de Alexander. Había recopilado toda esta información de forma minuciosa. Si bien la nueva consejera delegada de la nueva guía no era Celine Roux, la mujer de André, si no Celine Lambert, propietaria de hoteles de lujo por la zona de Marsella, siempre podría alegar que se había confundido.

La bestia necesitaba venganza y además volver a tener el poder que siempre tuvo, de lo contrario, entraría en una situación complicada para su profesión y su economía. Necesitaba generar una guerra mundial para dejar el terreno llano.

—Pensaré qué estrategia aplico para que no se nos vaya de las manos —dijo Alexander tras reflexionar.

—¿Aceptas una posible solución?

—Dime, Erik.

—Expulsa a Durand de la Guía.

—¡Estás loco! Es totalmente desproporcionado. Además, ¿con qué motivo?

—¿Te parece poco la desconsideración con que me trató? Tengo fotografías con varios testigos del lance, que seguro me darían la razón.

—Erik, es tu palabra contra la suya. Me vería expuesto a demandas y a un ruido mediático que podría acabar con nosotros.

—Pero —protestó Erik.

—Además, este hombre es un activo valioso para la Guía. No. Déjame pensar en otra cosa.

—Como quieras. Y ahora, ¿nos divertimos un rato? —sugirió el periodista.

—La semana que viene, Erik. Me has hecho consciente de un problema y te lo agradezco. Necesito pensar cómo resolverlo.
—Perfecto. Me voy a casa a descansar. Llevo una semana ajetreada y estoy cansado.

Erik cerró la puerta y se marchó. Alexander se quedó en el sofá, reflexionando sobre la información envenenada que le había proporcionado *La bestia*. Sabía que tenía que hacer algo al respecto. Era consciente desde hacía tiempo, que había movimiento en el sector, y que diferentes chefs reconocidos comenzaban a cuestionar la Guía. Lo que había planteado Erik de expulsarlo era un despropósito pero quizás… Sí, podría funcionar. Cogió el móvil y marcó un número.

—Susanne, soy Alexander.
—¿Ya se ha ido Erik?, ¿no ha estado a la altura?

Alexander, con pericia de ejecutivo, le resumió en dos minutos la situación.

—¿Qué vas a hacer al respecto? —le dijo Susanne.

—Voy a organizar una reunión con André Durand para decirle que estamos considerando pasarlo de tres a dos estrellas.
—¿Con qué motivo? Es uno de los mejores chefs del mundo.
—Le comentaremos que el giro que ha tomado su nueva cocina, le falta impulso. Que hemos enviado a diferentes inspectores de incógnito y en sus informes dicen que su cocina es irregular y le falta carácter.
—Más que irregular —sugirió Susanne—, yo le diría errática.
—Bien visto.
—¿Le desposeerás de una estrella?
—Quizás no sea necesario, con el susto será suficiente.
—Y servirá de aviso a los demás chefs. Muy astuto, Alexander.
—Ya me conoces, querida. El lunes sin falta, escríbele.
—De acuerdo, jefe. Buenas noches.

Alexander colgó y permaneció en silencio mirando a través de la ventana.

X
La Reunión

El taxi paró justo enfrente del hotel-restaurante André Durand. A pesar de estar a mediados de enero, el sol lucía con fuerza. Alexander y Susanne se bajaron. En el rostro del director se notaba preocupación. Lo que estaba a punto de hacer no le había dejado dormir en toda la noche. Él admiraba y respetaba a los chefs. Sabía lo que representaban a nivel social como creadores y artistas, pero por otro lado, necesitaba tomar las riendas de la situación.

Entraron por la puerta principal y se encontraron con Celine, que había salido a recibirlos en persona. Lucía un vestido azul marino y tenía el pelo recogido. Presentaba un aspecto elegante y su sonrisa natural emitía seguridad y calma.

—Buenos días, bienvenidos a nuestra casa. André os espera en su oficina.

Sin hacer más comentarios, caminaron juntos los veinte metros que separaban la recepción de la oficina de André. Había tensión en el ambiente. Entraron en la oficina se sentaron en torno a la mesa.

André tenía el rostro serio. Sus orejas eran de un rojo intenso que se contrastaban con el blanco de su cara. Sentía mucho calor en su interior y su amplia frente generaba pequeñas gotitas de sudor. Sabía perfectamente que la visita del director tenía relación con la visita al restaurante de aquel periodista gastronómico.

—¿Cómo van las cosas, André? —dijo Alexander.
—Bien —respondió con sequedad el chef— ¿Cuál es el propósito de esta visita?
—Estoy preocupado, André.

Se hizo un silencio eterno de tres segundos. Alexander prosiguió:

—Me alegra que seas el chef más reconocido de Francia y que económicamente os esté yendo bien. Pero la Guía sólo se centra en la gastronomía y no en la repercusión que pueda tener un chef en la sociedad. Nosotros valoramos la creatividad, la innovación, la constancia, la excelencia, el ambiente que se respira, el trato profesional de los empleados, entre otros pequeños detalles.

—¿Y ha ido Erik a decirle que servimos vino pasado? —preguntó André.

—No se trata de eso. Lo que ocurrió entre el señor Fischer y tú, es cosa vuestra, Susanne, por favor.

La directora adjunta hizo como si consultara en el móvil varios correos.

—Hemos enviado a tres inspectores en los últimos meses y nos han transmitido valoraciones negativas.

—¿Cómo? —se alarmó Celine.

—Uno dice "la cocina del chef Durand se ha vuelto previsible", otro "le falta impulso". Un tercero, el más experto, califica la propuesta culinaria de "errática" —leyó Susanne.

—¿Errática? —repitió Celine—. Los clientes salen siempre muy satisfechos, no lo entiendo.

—Bueno —dijo con suavidad Alexander—, los inspectores de la Guía están preparados para detectar fallos antes de que la clientela los detecte. Se anticipan.

—Y uno o dos informes negativos se pueden pasar por alto, pero tres, es necesario intervenir —añadió Susanne.

André sentía un sudor frío que le empapaba hasta el alma. Pudo decir:

—¿Qué quieres, Alexander?

—Ayudarte, André. A eso hemos venido. ¿Quieres un buen consejo de alguien que sabe un poco de restaurantes?

—Oh, claro.

—El tiempo que dedicas a salir en medios, el tema del patrocinio de las sopas y demás, creo que está afectando a tu creatividad.

—Perdona Alexander —intervino Celine—, pero André invierte todo su tiempo en la cocina. El resto de negociaciones y organización lo llevo yo. André sólo asiste a medios específicos, cuando es inviable que se puedan realizar aquí. Por otro lado, la cocina que está ofreciendo, es una cocina de vanguardia y exitosamente aceptada por todos los clientes y la prensa del sector.

—Entiendo lo que me dices Celine, pero y disculpa la franqueza, como esto persista, nos veremos obligados a quitaros una estrella y galardonar al restaurante con dos, o incluso con una en el próximo evento.

—¡Pero eso es una amenaza en toda regla! —gritó Celine, enfadada.

—Para nada —dijo en tono tranquilizador Alexander—, hemos venido hasta aquí para echaros una mano. Somos un equipo y tenemos que colaborar.

André se levantó. Sin decir nada, abrió la puerta de su oficina y la cerró a su paso. Alexander y Susanne se miraron. Celine dijo:

—Lo vais a destrozar con esto.

—Todo lo contrario —respondió sin inmutarse Alexander—. Hemos venido a darle una oportunidad. Volveremos a vernos, buenos días.

Tras salir del restaurante y mientras esperaban un taxi, Alexander le escribió un mensaje a Erik.

—Hola, tengo una noticia que darte.

XI
Obsesión

—¿Jean, has pesado la albahaca?

—Si, André. Cien gramos.

—¿Cien gramos exactos o ciento uno?

—Cien, André.

—A ver si el error está en el aga agar. ¿No sería mejor utilizar gelatina en vez de agar agar?

—No. Es una receta vegana y la gelatina es una proteína animal y el agar agar es un polisacárido que proviene de las algas.

—La teoría me la sé, pero no logro encontrar el error que cometemos.

—Vamos a descansar, André. Son las siete de la mañana y llevamos toda la noche haciendo pruebas milimétricas de cada plato de la carta. Seguro que lo de la amenaza de quitarnos una estrella es por el sinvergüenza del Erik ese.

—A ver si no estamos haciendo bien la espuma con la leche de soja.

—André por favor. Vamos a dormir, que en unas horas comenzamos con el servicio del mediodía.

—¿Hemos cargado bien el sifón con la cuajada de tofu?

—¿Qué hacéis a estas horas? —Celine entró en la cocina con cara de asombro al descubrir a André con la mirada perdida, concentrado en la elaboración de un plato. Tenía la filipina desabrochada y estaba descalzo. Jean, su jefe de cocina se encontraba junto a él y presentaba un aspecto cadavérico. En la mesada del fondo, se encontraban dos cocineros sentados en una silla; cada uno dormía sobre sus rodillas.

—¿De agar agar eran 0,4 o 0,5 gramos? —preguntó André sin percatarse de la presencia de Celine.

En este caso, Jean no contestó a su jefe y contempló a Celine como si lo fuera a liberar de un secuestro.

—Vamos a parar— Jean se acercó y apoyó su mano derecha en el hombro derecho de su jefe, mirándolo con cariño.

—Hasta que no descubra en qué punto exacto he fallado y cuál es la causa, no me iré a dormir —comentó André con el rostro serio y rasgos de hundimiento.

Celine se acercó a los dos chefs y con lágrimas en los ojos abrazó a André y rompió en llanto.

—Vamos a la cama mi amor. Subiremos a una de las habitaciones del hotel para que así descanses mejor. Jean, despierta a los cocineros y a descansar.

—Gracias Celine.

—De nada Jean. Por cierto, ¿dónde guarda André el prozac?

—En el cajón de su escritorio.

—Gracias.

Celine puso el brazo de André alrededor de su cuello, para que se pudiera apoyar en ella mientras salían de la cocina y se dirigían al ascensor, que les llevaría a una de las habitaciones libres del hotel.

—Cariño, necesito saber en qué me estoy equivocando. Si me quitan una estrella ya no tendré fuerzas para seguir. Me siento agotado.

Celine no respondió. Llegaron a la habitación. Acostó a André en la cama, le tapó con una manta que estaba doblada sobre la cama y le dio una cápsula de prozac de veinte miligramos.

XII
El artículo de opinión

—Ya está. Terminado.

Eran las siete de la mañana. Erik se había pasado toda la noche en un estado febril. Empezó varias veces, hizo varios borradores, hasta que dio con el tono justo: irónico sin dejar de ser directo, con su estilo mordaz habitual pero sin pasarse:

"El declive de André Durand

Siempre existieron los artistas, que a través de su genialidad o incluso su locura, pudieron visualizar y darle vida a aquellas formas, colores o texturas inexistentes o inalcanzables. Gracias a ello, se abrieron nuevos caminos para transitar hacia un futuro esperanzador.

Sin embargo, solo unos pocos alcanzaron el Olimpo de los dioses. La mayoría se quedaron al costado del camino. Incluso muchos tocaron a la puerta del Edén, pero esta simplemente no se abrió.

El chef André Durand, considerado uno de los mejores del mundo, apostó por zambullirse en la vanguardia de la gastronomía irreverente y sin alma, teniendo un comportamiento paralelo de actor de Hollywood. Sin embargo, no se dio cuenta que la vida es un espejo salvaje que nos recuerda quienes somos realmente y cuál es nuestro lugar en el mundo.

Gracias a estos comportamientos y resultados, el reconocido chef galardonado con tres estrellas por la Guía Gastronómica ZETA, se encuentra en la actualidad legítimamente amenazado y con muchas probabilidades de perder alguna de sus estrellas. Si esto ocurriese en la próxima entrega de galardones, perdería también su reputación y reconocimiento internacional que, de momento, ostenta.

Para ser un referente en la gastronomía francesa, no ya en la mundial, es necesario una vida de dedicación permanente. Para ello hace falta trabajo, constancia y sobre todo humildad."

Erik Fischer
Periodista gastronómico.

—No está nada mal —se dijo.

Abrió de par en par las ventanas del salón. Un aire frío y que olía a nuevo inundó la estancia. Erik se sentía vivo por primera vez en meses. Se asomó y gritó:

—¡Temblad, *La bestia* ha vuelto!

XIII
Publicación

—Buenos días, Andrea.

—Hola Erik, ¡qué sorpresa verte por aquí! Dime.

—¿Ya habéis finalizado la edición de la revista de febrero?.

—Sí, terminé de editarla el viernes por la noche y mañana lunes la enviaremos a la imprenta. Tu entrevista ha salido muy bien la verdad y las fotos impactantes. ¿Quieres introducir un cambio de última hora? Lo podemos ver.

—No. Tengo un artículo de opinión para añadir. Incluso podría ir como columna de opinión en la página siguiente al índice de contenidos. Es de tan solo 247 palabras.

—Imposible. Sería remaquetar varias páginas y para eso no hay tiempo. Lo siento.

—He hablado con Alexander y me ha dicho que me hagas un hueco.

—Erik, no será uno de tus trucos, ¿verdad? Mira que se descuadra todo y tengo que ajustarlo hasta que quede perfecto.

—Te prometo que es así. ¿Quieres que lo llame?

Andrea lo miró y resopló. La renovación de su contrato finalizaba el mes próximo y aún no le habían confirmado si seguiría.

—No, no hace falta. Eso sí, me tienes que llevar a cenar un día a un buen restaurante. Invitas tú, por supuesto,

—Dalo por hecho —dijo Erik, con la mejor de sus sonrisas.

XIV
El desayuno

El viernes por la mañana, André se levantó a las ocho en punto y se dirigió a la cocina para hacer el desayuno. Ni siquiera pasó por el baño. En breve se levantaría Celine y quería tener todo preparado. Ya habían pasado ocho días de la reunión con Alexander y no había levantado cabeza. Se sentía vacío y sin ganas de nada. Durante la semana se quedó varios días a dormir en una de las habitaciones del hotel porque no tenía ánimo de coger el coche y conducir hasta casa. Tenía muy claro que, en cualquier momento, recibiría otro duro golpe y esperaba el momento de poner la otra mejilla.

Celine apareció en la cocina con una bata floreada y los pelos revueltos.

—Hola cariño, buenos días. ¿Qué tal has dormido?
—Muy bien, la verdad —mintió André.
—Me alegro.
—Aquí están las tostadas. Ya que estás cerca de la nevera ¿puedes traer la mantequilla y la mermelada?
—Claro.

Se sentaron a la mesa y Celine observó la tristeza que desprendían los ojos de André. Otro día más.

—¿Qué piensas? —preguntó Celine con ternura.
—Ahora, en nada en especial.
—Todo se va a arreglar, ya lo verás.
—No lo sé, Celine. Tengo un mal presentimiento.
—André, desde hace unas semanas hemos cancelado las apariciones en radio y televisión y las entrevistas. Ya te he dicho más de una vez que podemos renegociar los contratos de patrocinio.
—Y de ese modo, me dejarán tranquilo, ¿verdad?

—Exacto. Alexander se ha puesto nervioso porque pensaba que no te controlaba. Una vez que vea que le hemos hecho caso, nos reuniremos con él y asunto arreglado.

—No sé, Celine. ¿Sabes lo que pienso que sería lo mejor? Estar muerto.

—No digas tonterías André, por favor. Me da miedo escucharte hablar de esta forma.

—Me da paz y serenidad pensarlo. Nada más que eso.

—¿Piensas en el suicidio? —Celine fue directa.

—Vamos, que llegamos tarde y este mediodía tenemos las reservas completas.

—Contéstame André. Te he hecho una pregunta.

—Pienso en estar muerto y disfrutar el formar parte de este universo de una forma inerte. Esto me da mucha paz.

Celine bajó su mirada y la dirigió a su taza de café, sintiendo una profunda tristeza en su interior. No quiso hacerle más preguntas.

—Vamos cariño al trabajo. En breve las cosas irán mejorando y yo permaneceré a tu lado. Para siempre.

XV
El hundimiento

Alrededor de las nueve y media, Celine y André llegaron a sus respectivos trabajos. Entraron juntos por la puerta principal, pero ella luego se metió por la puerta de la derecha y él por la izquierda.

—Buenos días Jean, ¿qué tal estás?
—Buenos días André. —El jefe de cocina tenía mala cara.
—¿Has dormido bien?
—Sí, pero quiero mostrarte una cosa que no te va a gustar.

André hizo un gesto con sus ojos como si en ese preciso momento alguien le hubiera dado un cachetazo. Jean colocó la revista La Grande Gastronomie sobre la mesa de trabajo y la abrió en la segunda página.

—Me ha llegado a mi casa esta mañana a primera hora y desayunando leí algo sobre el restaurante. Es un artículo de opinión escrito por el idiota que echaste.

André leyó con detenimiento el artículo. Lo leyó una vez más. Luego se quedó inmóvil mirando al vacío. Jean no se despegaba de su lado, pero tampoco interrumpía su divagación. Cinco minutos después, André levantó la mirada y dijo:

—No pasa nada, Jean. Hoy vamos a darlo todo para que nuestros clientes disfruten y se sientan especiales. Para ello trabajamos y nos esforzamos cada día.
—Por supuesto, jefe.

Jean se percató que la cara de André había sufrido una pequeña transformación. Sus ojos y su expresión facial denotaban tristeza pero a la vez paz interior. Algo había cambiado en André.

El servicio fue excelente. André trabajó con motivación. Disfrutaba el servicio del mediodía de una forma especial. Sus clientes y su equipo de trabajo recibieron cariño por parte del chef.

Alrededor de las tres de la tarde, cuando quedaba solo una mesa con clientes, André se quitó la filipina y la tiró con rabia sobre la mesa, junto al horno de convección.

—¡No puedo más! —exclamó.

Salió por la puerta principal, se subió a su coche y se marchó.

XVI
El amor de su vida

André entró al restaurante de sus padres y se percató que no había nadie ni en el comedor ni detrás de la barra. Se sentía feliz y en paz. Mientras se dirigía a la cocina, percibió un leve gusto a aceite industrial en su boca, pero no le dio importancia. Escuchó ruido que provenía desde la cocina y aceleró el paso.

—Hola mamá, ya estoy aquí.

—Hola mi amor ¿cómo estás? Te he extrañado mucho, pero ya estás aquí conmigo.

Se dio cuenta que su madre tenía casi la edad de él. Cocinaba un guiso, pero no tenía la ropa habitual. Llevaba un vestido azul claro con flores de diferentes colores. Pendientes de oro y un collar haciendo juego. Su sonrisa deslumbraba. André la abrazó por detrás y sintió al instante la suavidad de sus manos y el aroma que siempre recordaba de ella.

—Lo he conseguido, mamá. Para mi es un sueño y una felicidad poder trabajar en nuestro restaurante. Es lo que siempre he deseado. Pero sobre todo, compartir el tiempo que nunca pude contigo. Nunca más nos separaremos.

—Lo sé, hijo. ¿Me troceas el pimiento?

A través de la ventana de aquella cocina, desde donde siempre se veía el lago Annecy, a pocos kilómetros de Ginebra, Suiza e Italia, entraba una luz blanca e intensa. Cuando André se percató de este detalle, sintió que se fusionaba a aquella luz radiante. A pesar de ello, no dejó de abrazar a su madre.

Epílogo

I
La vida sigue

Erik fue despedido de la revista La Grande Gastronomía y cerró su canal de YouTube y el resto de plataformas de redes sociales. Fue contratado por el periódico Le Progres y se fue a vivir a Lyon, desde donde publica artículos de opinión gastronómica inertes y entrevistas poco interesantes. En sólo cinco años, engordó casi veinte kilos y su cabello perdió fuerza hasta quedarse casi calvo. Conduce un Citroen. Nunca más tuvo pareja ni amigos íntimos.

A Alexander, el duro golpe le hizo cambiar su obsesión con el crecimiento permanente. Siguió al mando de la Guía Gastronómica ZETA hasta su jubilación. Quitó la conexión de la central de reservas internacional con los establecimientos y siguió ofreciendo las reservas como un servicio gratuito a los galardonados. Nunca se olvidó de la figura de André Durand y se arrepintió toda su vida de aquella reunión que lo cambió todo.

Susanne siguió como mano derecha de Alexander durante cinco años hasta que un lunes, renunció de forma fulminante. Se marchó a su Viena natal y nunca más se supo nada de ella. Unos años más tarde, llegó un comentario a la Guía de que había fallecido por un cáncer de hígado. Nadie pudo confirmarlo.

Celine siguió al frente del hotel-restaurante. Jean, el jefe de cocina, se transformó en el chef principal y junto a Celine y a todo el equipo, pudieron mantener las tres estrellas durante quince años, siendo uno de los mejores restaurantes del mundo. La enseñanza y fuerza de André se reflejó cada día que el establecimiento abría las puertas a un público entregado a la figura del artista.

Paul Leduc atravesó una larga etapa de depresión. Se sintió en parte responsable del suicidio de André. Aún vive y tiene 97 años y siete nietos. Su mujer falleció hace nueve años.

Índice